Roland Innerhofer
Evelyne Polt-Heinzl
Peter Altenberg – prophetischer Asket mit bedenklichen Neigungen

Wiener Vorlesungen im Rathaus

Band 155
Herausgegeben für die Kulturabteilung der Stadt Wien
von Hubert Christian Ehalt

Vorträge im Wiener Rathaus
am 21. Dezember 2009

Roland Innerhofer
Evelyne Polt-Heinzl

Peter Altenberg – prophetischer Asket mit bedenklichen Neigungen

Picus Verlag Wien

Grafische Gestaltung: Dorothea Löcker, Wien
Druck und Verarbeitung:
Druckerei Theiss GmbH, St. Stefan im Lavanttal
ISBN 978-3-85452-555-4

Informationen über das aktuelle Programm
des Picus Verlags und Veranstaltungen unter
www.picus.at

Die Wiener Vorlesungen im Rathaus

Die große Resonanz, die der Vortrag des berühmten deutschen Soziologen Prof. Dr. René König am 2. April 1987 im Wiener Rathaus bei einem sehr großen Publikum hatte, inspirierte die Idee einer Vorlesungsreihe im Rathaus zu den großen Problemen und Überlebensfragen der Menschen am Ausgang des 20. Jahrhunderts.

Das Konzept der Wiener Vorlesungen ist klar und prägnant: Prominente Denkerinnen und Denker stellen ihre Analysen und Einschätzungen zur Entstehung und zur Bewältigung der brisanten Probleme der Gegenwart zur Diskussion. Die Wiener Vorlesungen skizzieren nun seit Anfang 1987 vor einem immer noch wachsenden Publikum in dichter Folge ein facettenreiches Bild der gesellschaftlichen und geistigen Situation der Zeit. Das Faszinierende an diesem Projekt ist, dass es immer wieder gelingt, für Vorlesungen, die anspruchsvolle Analysen liefern, ein sehr großes Publikum zu gewinnen, das nicht nur zuhört, sondern auch mitdiskutiert. Das Wiener Rathaus, Ort der kommunalpolitischen Willensbildung und der Stadtverwaltung, verwandelt bei den Wiener Vorlesungen seine Identität von einem Haus der Politik und Verwaltung zu einer Stadtuniversität. Das Publikum kommt aus allen Segmenten der Stadtbevölkerung; fast durchwegs kommen sehr viele Zuhörer aus dem Bereich der Universitäten und Hochschulen; das Wichtige an diesem Projekt ist jedoch, dass auch sehr viele Wienerinnen und Wiener zu den Vorträgen kommen, die sonst an wissenschaftlichen Veranstaltungen nicht teilnehmen.

Sie kommen, weil sie sich mit dem Rathaus als dem Ort ihrer Angelegenheiten identifizieren, und sie verstärken durch ihre Anwesenheit den demokratischen Charakter des Hauses.

Es ist immer wieder gelungen, Referentinnen und Referenten im Nobelpreisrang zu gewinnen, die ihre Wissenschaft und ihr Metier durch die Fähigkeit bereichert haben, Klischees zu zerschlagen und weit über die Grenzen ihres Faches hinauszusehen. Das Besondere an den Wiener Vorlesungen liegt vor allem aber auch in dem dichten Netz freundschaftlicher Bande, das die Stadt zu einem wachsenden Kreis von bedeutenden Persönlichkeiten aus Wissenschaft und Forschung in aller Welt knüpft. Die Vortragenden kamen und kommen aus allen Kontinenten, Ländern und Regionen der Welt, und die Stadt Wien schafft mit der Einladung prominenter Wissenschaftlerinnen und Wissenschaftler eine kontinuierliche Einbindung der Stadt in die weltweite »scientific community«. Für die Planung und Koordination der Wiener Vorlesungen war es stets ein besonderes Anliegen, diese freundschaftlichen Kontakte zu knüpfen, zu entwickeln und zu pflegen.

Das Anliegen der Wiener Vorlesungen ist eine Schärfung des Blicks auf die Differenziertheit und Widersprüchlichkeit der Wirklichkeit. Sie vertreten die Auffassung, dass Kritik ein integraler Bestandteil der Aufgabe der Wissenschaft ist. Eine genaue Sicht auf Probleme im Medium fundierter und innovativer wissenschaftlicher Analysen dämpft die Emotionen, zeigt neue Wege auf und bildet somit eine wichtige Grundlage für eine humane Welt heute und morgen. Das Publikum macht das

Wiener Rathaus durch seine Teilnahme an den Wiener Vorlesungen und den anschließenden Diskussionen zum Ort einer kompetenten Auseinandersetzung mit den brennenden Fragen der Gegenwart, und es trägt zur Verbreitung jenes Virus bei, das für ein gutes politisches Klima verantwortlich ist.

Fernand Braudel hat mit dem Blick auf die unterschiedlichen Zeitdimensionen von Geschichte drei durch Dauer und Dynamik voneinander verschiedene Ebenen beschrieben: »L'histoire naturelle«, das ist jener Bereich der Ereignisse, der den Rhythmen und Veränderungen der Natur folgt und sehr lange dauernde und in der Regel flache Entwicklungskurven aufweist. »L'histoire sociale«, das ist der Bereich der sozialen Strukturen und Entwicklungen, der Mentalitäten, Symbole und Gesten. Die Entwicklungen in diesem Bereich dauern im Vergleich zu einem Menschenleben viel länger; sie haben im Hinblick auf unseren Zeitbegriff eine »longue durée«. Und schließlich sieht er in der »histoire événementielle« den Bereich der sich rasch wandelnden Ereignisoberfläche des politischen Lebens.

Die Wiener Vorlesungen analysieren mit dem Wissen um diese unterschiedlichen zeitlichen Bedingungshorizonte der Gegenwart die wichtigen Probleme, die wir heute für morgen bewältigen müssen. Wir sind uns bewusst, dass die Wirklichkeit der Menschen aus materiellen und diskursiven Elementen besteht, die durch Wechselwirkungsverhältnisse miteinander verbunden sind. Die Wiener Vorlesungen thematisieren die gegenwärtigen Verhältnisse als Fakten und als Diskurse. Sie analysieren, bewerten und bilanzieren, befähigen zur Stellungnahme und geben Impulse für weiterführende Diskussionen.

Hubert Christian Ehalt

Roland Innerhofer

»Aus den facheusen Complicationen herauskommen« Peter Altenbergs diätetische Lebensrezepte

Der Spalttypus

Egon Friedell schreibt in seinem 1912 erschienenen Buch über Altenberg, dieser sei in besonders hohem Maße »ein Diagramm der Kultur seiner Zeit«.[1] Dieses Urteil möchte ich anhand eines zentralen Motivs von Altenbergs Schreiben überprüfen: dem der Diätetik. Altenberg verschreibt seinen Lesern Lebensrezepte, er dekretiert Richtlinien für die Lebensführung. Solche Praxis des Vorschreibens kann sich nicht durch geniales Außenseitertum rechtfertigen, im Gegenteil: Sie steht im Zentrum und ist Symptom einer prekären historischen Situation, nämlich der Hochmoderne, deren Widersprüche sich in der Zeit um 1900 verschärften. Altenbergs Diätetikdiskurs, so meine These, ist ein zeittypischer Versuch, durch Verhaltensregeln einen neuen Subjekttypus zu konstituieren. Dieser ist durch eine fundamentale Aporie gekennzeichnet: Das Beharren auf das Partikulare, Einzigartige des Subjekts wird zur Norm, und die Wege, die zur Behauptung des Einzelnen führen, sind bis ins Kleinste reglementiert und kodifiziert.

1 Egon Friedell: Ecce Poeta. Mit einem Vorwort von Wolfgang Lorenz. Zürich 1992, S. 13.

Wenn Evelyne Polt-Heinzl in ihrem Beitrag für diesen Band zu Recht darauf hinweist, wie innig Altenbergs Bilderwelt mit dem populären Kitsch verbunden ist,[2] so möchte ich komplementär dazu herausstellen, wie genau Altenbergs Lebensrezepte auf die Misere des modernen Lebens um 1900 abgestimmt sind – und sich dabei in einen anonymen mentalitätsgeschichtlichen Zusammenhang einfügen. Altenbergs diätetische Vorschriften und seine Plädoyers für ein naturnahes Leben nahmen schon am Ende des 19. Jahrhunderts vieles davon vorweg, was die Lebensreformer zu Beginn des 20. Jahrhunderts auf ihre Fahnen schrieben. Angesichts der negativen Folgen der Industrialisierung predigte Altenberg ebenso wie die Lebensreformer, dass der Sinn des Lebens in gesunder, leichter Nahrung, in Licht- und Luftkuren zu finden sei. Und wie diese machte jener das, was dem Individuum das Glück eines erfüllten Lebens bringen sollte, zur Norm, die den Individuen in allen Lebenslagen Höchstleistungen abforderte.

Der Rückzug in die Sommerfrische und der Kult der Kurorte sind zutiefst urbane Phänomene. Altenbergs bevorzugtes Milieu war, trotz wiederholter Aufenthalte im Salzkammergut und auf dem Semmering, das Wiener Kaffeehaus. Im Umkreis der Fin-de-Siècle-Künstler war Altenbergs zur Schau gestelltes lebensreformerisches Engagement Teil einer obligaten nonkonformistischen Haltung[3]. In diesem Feld wurde Konformismus bekanntlich

2 Vgl. S. 55, 72.

3 Wie Evelyne Polt-Heinzl schon in ihrer Rezension des Altenberg-Buchs von Carola Dick zeigt, hat sich Altenberg in

mit Exklusion geahndet. Wie Altenberg verstanden sich die repräsentativen Autoren des Fin de Siècle »als Chronisten ihrer Epoche und als Therapeuten ihrer selbst«[4]. Diese doppelte Aufgabe beruhte ihrerseits auf einer weiteren Verdopplung: der Selbstverdopplung der Autoren. Denn diese verstanden sich durchaus als Produkte ihrer Epoche, gleichzeitig aber beobachteten sie diese und sich selbst von außen. Daraus folgt eine Gleichzeitigkeit von Leben und Beobachten des Lebens, eine für die Dekadenz typische Aufspaltung der Person in eine erlebende, handelnde und eine, die sich beim Leben zuschaut, wie ein Schauspieler, der sein Spiel kontrolliert. Aus dieser inneren Spaltung folgt also ein bewusstes Rollenspiel, und es ist daher kaum verwunderlich, dass das Element der Selbstinszenierung in dieser Zeit – nicht nur bei Altenberg – so stark ins Auge fällt.

Der Regisseur seiner selbst

Besonders als Affektregulierung ist die Diätetik immer auch zugleich eine Verhaltenslehre. Das Verhalten wird zu einer bewussten Inszenierung, das Handeln vollzieht sich in einem theatralen Raum. Altenberg empfiehlt, »als

---

der Lebenspraxis sehr wohl »konformistisch« um das Wohlwollen der Etablierten des Kulturbetriebs bemüht. Vgl.: http://www.literaturhaus.at/buch/fachbuch/rez/Dick/

4 Hans Richard Brittnacher: Erschöpfung und Gewalt. Opferphantasien in der Literatur des Fin de siècle. Köln u.a. 2001, S. 20.

geschicktester Regisseur seines Herzens« auf der Bühne des Lebens aufzutreten: »Ein ›Regisseur seiner selbst‹ sein ist alles!«[5]

»Sein eigenes Leben nicht ernster nehmen als ein Stück von Shakespeare! Aber auch nicht minder ernst! Sich von dem Leben in Besitz nehmen lassen wie im Theater. Das Theater des Lebens. Der ideale Zuschauer seiner selbst zu sein! Ganz drin sein und dennoch aus den facheusen Komplikationen herauskommen können in die frische Nachtluft; erlebt haben, was man nicht erlebt hat, nicht erlebt haben, was man erlebt hat!«[6] Mit aller Deutlichkeit wird das Phantom einer authentischen, sich mit sich selbst in Einklang befindlichen Person zurückgewiesen. Was hier entworfen wird, ist das Programm einer *désinvolture*, einer Ungezwungenheit und Ungeniertheit, die dem, was man selbst tut oder erlebt, mit Distanz begegnet. Zugleich wird mit dem Bild des »Regisseurs seiner selbst« das Moment der Selbstkontrolle hervorgehoben. Das Bewusstsein der Theatralität des Lebens gewährt eine letzte Sicherheit angesichts der Gefahren, die der läuft,

---

5 Peter Altenberg: Fechsung. Berlin 1915, S. 35.

6 Peter Altenberg: Wie ich es sehe [1896]. In: Das Buch der Bücher von Peter Altenberg. Zusammengestellt von Karl Kraus. Hg. von Rainer Gerlach. Bd. 1. Göttingen 2009, S. 19–88; hier S. 53. Es handelt sich bei dieser dreibändigen Ausgabe um die erstmalige vollständige Ausgabe der von Karl Kraus zusammengestellten Auswahl. Nach Möglichkeit wird Altenberg nach dieser derzeit am leichtesten zugänglichen Ausgabe zitiert. Der Titel dieses Aufsatzes richtet sich nach der älteren Orthografie: Peter Altenberg: Wie ich es sehe. Berlin 1914, S. 163.

der sich vom Leben »in Besitz nehmen« lässt. Das Subjekt, das solchermaßen konstruiert wird, verhält sich dem eigenen Leben gegenüber wie ein Zuschauer, der sich vollkommen in den Schauspieler und in das Geschehen auf der Bühne einfühlt, dabei aber nichts riskiert, weil er weiß, dass er den Theatersaal jederzeit verlassen kann. In der Metapher von der Theatralität des Lebens manifestiert sich somit der Wunsch nach seiner gefahrlosen Intensivierung. Der Lebensraum wird zu einem Sicherheitsraum, dem die Zweiteilung von theatralem Erlebnis- und nichttheatralem Fluchtraum zugrunde liegt. Diese Konstruktion hat ihren Preis. Die sichere Zuschauerposition, aus der sich das Subjekt beim intensiven Leben zuschaut, beruht auf einer Spaltung seiner selbst, und die unbeteiligte Beobachterposition birgt die Gefahr der Langeweile und Melancholie – die gerade durch das wahre, intensive Leben überwunden werden sollten. Altenbergs Versuche der Behauptung des Individuums im Prozess der Modernisierung, der keine historischen Subjekte kennt, sind sämtlich vor dem Hintergrund dieser unauflösbaren Aporie zu sehen.

Hygiene

Es ist daher kaum verwunderlich, dass sich die Richtlinien und Empfehlungen, die Altenberg für ein richtiges Leben gibt, nicht bruchlos zu einem System zusammenfügen und oft mit ironischen Untertönen spielen. Einfachheit, Reinheit und Reduktion des Konsums sind Grundthemen, die durch eine Reihe von Handlungsanweisungen und Lebensregeln durchdekliniert und variiert werden – und zwar nicht in Form einer Systematik, sondern einer Kasuistik. Wie der Schauspieler auf der Bühne unter der Anleitung eines Regisseurs in wiederholten Proben seine Rolle einübt, so soll auch der Leser unter der Anleitung des Autors Verhaltensweisen trainieren, die ihn zum wahren Leben führen. Dieser Unterschied zwischen normsetzendem Urteil und normalisierender[7] Verhaltenssteuerung liegt auch Simon Ganahls typologischem Vergleich zwischen Karl Kraus und Peter Altenberg zugrunde. Während es Kraus um gültiges Urteilen geht, das sein Maß am sensiblen Umgang mit der Schriftsprache nimmt, strebt Altenberg nach dem richtigen Leben auf der Grundlage einer Subjektivität, »die sich durch Askese im eigentlichen Sinn, das heißt mithilfe eines Ensembles von praktischen Übungen zur Wahrheit bildet. Es handelt sich um eine ›Ethik und Ästhetik des Selbst‹, wie sie Michel Foucault aus der antiken Philosophie rekonstruierte, um ein Gegenmodell zur wissenschaftlichen Rationalität einerseits und zur Bedürfniskontrolle jener Werbewelt in Wien um 1900 andererseits, deren Markennamen und Verkaufsstrategien sich in ›Pròdromos‹ wiederfinden.«[8]

Im Sinne Foucaults lassen sich Altenbergs Verhal-

7 Zum Begriff der Normalisierung vgl.: Jürgen Link: Versuch über den Normalismus. Wie Normalität produziert wird. Opladen 1997.

8 Simon Ganahl: K. K. und P. A. Eine Typologie [Projektbeschreibung, Wien 2007]. http://germanistik.univie.ac.at/institut/projekte/k-k-und-p-a-eine-typologie/

tenslehren als Beitrag zu einer Hermeneutik des Subjekts[9] verstehen, als Erkundungen darüber, wie Individuen sich zu sich selbst verhalten können und sollen. Solche versuchsweisen Maßregeln orientieren sich nicht, wie Ganahl zu Recht betont, an einem verallgemeinerbaren wissenschaftlichen Vernunftkonzept, sondern an einem radikal subjektiven, oft widersprüchlichen Erfahrungswissen. Die daraus folgende Willkür verbindet Altenbergs Texte mit den Konsumlenkungsstrategien der zeitgenössischen Werbung, deren Logik der Konsumsteigerung sie aber gleichzeitig durch Werbung für Konsumverzicht konterkarieren.

Wenn die Regulierung des eigenen Organismus durch Selbstbeobachtung und gezielte Eingriffe die Voraussetzung für das wahre Leben ist, wie es Altenberg propagiert, so sind es hauptsächlich hygienische Maßnahmen, in denen sich die Selbstregulierung konkretisiert. Philipp Sarasin unterscheidet in seiner großen Studie zum Hygienediskurs des 19. Jahrhunderts zwei Modelle: Auf der einen Seite wurde die Lebensführung der »Gesundheit« als »oberste[m] Leitwert menschlicher Existenz« und damit den »Systemanforderungen kapitalistischer Rationalisierung« unterworfen.[10] Auf der anderen Seite war die Hygiene eine »Anleitung zum sorgfältigen, aufmerksa-

9 So der Titel einer 1981/82 gehaltenen Vorlesung Foucaults am Collège de France: Michel Foucault: Hermeneutik des Subjekts. Aus dem Französischen von Ulrike Bokelmann. Frankfurt/M. 2009.

10 Philipp Sarasin: Reizbare Maschinen. Eine Geschichte des Körpers 1765–1914. Frankfurt/M. 2001, S. 22.

men Umgang mit sich selbst«, eine Art »Lebenskunst«, die »weder auf biopolitische Normalisierungsstrategien reduziert noch als bloßer Machteffekt am eigenen Leib verstanden werden« darf.[11]

Altenberg hat zweifellos das zweite Modell der »Sorge um sich« bevorzugt. Zwar wird Gesundheit nach ökonomischen Prinzipien – durch eine streng kontrollierte Zufuhr von Materialien, das heißt von Nahrung, aber auch von Empfindungen und Wahrnehmungen – gestärkt. Doch wird die damit gewonnene Lebenskraft keineswegs in den wirtschaftlichen Produktionsprozess eingespeist, sondern dient allein dem Selbstgenuss. So äußert etwa die »Primitive« in »Wie ich es sehe«:

»Sehen Sie, ich liebe meinen Leib, ich betrachte ihn als etwas Heiliges. Ich habe sehr viel Sorge und Rücksicht für dieses Gebilde. Zum Beispiel braucht es einen langen selbstendenden Schlaf, einfache, leicht verdauliche Nahrung und tausend andere Dinge. Wenn ich erwache, liegt mein Zimmer schon in einem guten warmen Dunst von Holzfeuer. In der Mitte des Zimmers steht eine grosse Wanne mit kaltem Quellwasser. Lustig springe ich aus dem Bette in das Wasser und liege da fünf Minuten. Dann zurück in's Bett. Ah, da dunste ich – – tausend Leben strömen in mir! Dann stehe ich auf. Das macht mir sehr viel Freude – – –. Später esse ich eine Hühnerbouillon mit drei eingesprudelten Eidottern, dann ein Seefischlein, dann Roquefort. Ich trinke nur Wasser, rauche nicht.«[12]

Leichte Kost und langer Schlaf als Allheilmittel – die-

11 Ebd. S. 24.

12 Altenberg: Wie ich es sehe (Anm. 6), S. 40f.

se Verhaltensregeln ziehen sich obstinat durch Altenbergs Schriften. Dazu kommen etwa Wechselbäder zwischen warm und kalt, die wie die Wechselbäder der Gefühle die Lebensgeister wecken und stärken. Der Körper, der solchermaßen richtig stimuliert und konditioniert wird, strömt seinerseits wohltuende Wirkungen aus. Der Atem der »Primitiven« duftet in der begeisterten Wahrnehmung des »Revolutionärs« nach »gekochten, noch warmen, geschälten, süssen Mandeln« und er denkt: »Dieser Athem ist die Consequenz des Gesammtorganismus.«[13]

Was hier unter dem Gütesiegel der Primitivität der Frau empfohlen wird, gilt selbstverständlich genauso und noch mehr für den Mann – noch mehr, denn bei ihm werden die Gebote der Hygiene und Diätetik auf das Seelen- und Geistesleben ausgedehnt. Zwar affirmiert Altenberg dabei den zeitgenössischen Geschlechterdiskurs, der der Frau die Sphäre des Körperlichen und dem Mann die des Geistes zuordnet. Allerdings erfolgt auch dies keineswegs bruchlos, denn Altenbergs Männer können gemäß den herrschenden Geschlechterstereotypien durchaus als »effeminiert« gelten, da auch ihr Verhalten von der Physiologie, von Körperfunktionen abhängig ist:

»Der junge Mann betrachtete diesen ›Jour‹ als eine Anstalt für Diätetik und Hygiene. Das heisst, Alles überhaupt verwandelt sich bei ihm in Dinge, welche in der Lage wären, die Spannkräfte des edlen Organismus ›Mann‹ zu erhöhen.«[14]

Es ist diese von Altenberg empfohlene und betriebene

13 Ebd. S. 41.
14 Ebd. S. 33.

Dauerbeschäftigung mit dem eigenen Körper, diese gesteigerte Aufmerksamkeit für seine leisesten Regungen, die Friedell in seiner Kulturgeschichte der Neuzeit veranlassten, dem älteren Freund Altenberg posthum einen dekadenten »Feminismus« zu attestieren. Dieser habe in dessen Fähigkeit bestanden, »sich in das weibliche Seelenleben zu versetzen« und dabei »gar nicht in einer fremden Seele, sondern in seiner eigenen« zu lesen. Gegen die Intention des Verfassers erscheint solch eine einfühlende »Lektüre« als männliche Projektion, der die »weibliche Seele« gleichsam als Leinwand dient. Friedell charakterisiert Altenbergs Frauenfiguren als »Träumerinnen«, »Idealistinnen« und »Melancholikerinnen« aufgrund der »Unvollkommenheiten der ganzen Welt. Und in ihrem uferlosen, überspannten, hysterischen und im Grunde lebensunfähigen Idealismus wünschen sie nichts sehnlicher, als daß der Mann sie ins Vollkommene idealisiere, daß er in ihnen erblicke, was sie nicht sind, daß er ein Romantiker sei.«[15] Die Wünsche und Triebkräfte, die Friedell den von Altenberg verehrten Frauen zuschreibt, lassen sich, betrachtet man Altenbergs Texte und seine Biografie, zwanglos als Elemente eines (in diesem Fall: männlichen) poetischen Gefühlshaushalts und Selbstverhältnisses begreifen. So gesehen sind Idealismus und Melancholie der geistige und seelische Niederschlag einer fundamentalen Diskrepanz zwischen diätetischem Programm und Lebenspraxis – einer Diskrepanz, die nicht nur biografisch – Altenberg war bekanntlich alkohol- und

15 Alle Zitate: Egon Friedell: Kulturgeschichte der Neuzeit [1927–31]. Ausg. in 2 Bänden. Bd. 2. 6. Aufl. München 1986, S. 1458.

paraldehydsüchtig, verbrachte große Teile seines Lebens in Entzugs- und Nervenheilanstalten – bedeutsam ist, sondern in Altenbergs Texten auch immer wieder thematisiert wird:

»Alkohol füllt die schreckliche Kluft aus zwischen dem, was wir *sind*, und dem, was wir sein *möchten*, sein *sollten*! *Werden müßten!* […] Alkohol ist die Ausgleichung für unsere Unzulänglichkeiten! Je zulänglicher wir sind nach den idealen Plänen Gottes, desto weniger Alkohol brauchen wir. Alkohol ist der Maßstab für die Melancholie des Idealisten. Ich schwemme es hinweg, daß ich noch nicht göttlich sein kann!«[16]

Die Hingabe an die Sucht wird nobilitiert, indem sie zum Indikator idealistischer Sensibilität stilisiert wird. Die Stigmatisierung des Alkoholikers wird ins Positive gewendet, das Stigma zeugt von den Schmerzen des melancholischen Gottsuchers. Nichtsdestotrotz bleibt in der kompensatorischen Funktion des Trinkens ein Widerspruch virulent, der paradigmatisch ist für die Kunst der *Décadence*: Die *concordia discors*, die spannungsgeladene Allianz von Askese und Exzess, gehört zu ihrem Affekthaushalt ebenso wie zu ihrer Ästhetik.

Wenn bei Altenberg die Gefährdung durch den Exzess herausgestellt wird, so wird dadurch im gleichen Zug das Bedürfnis nach Selbstregulierung hervorgerufen und bestärkt. Während die weibliche Selbstregulierung Alten-

---

16 Peter Altenberg: Pròdromos [1906]. Zitiert nach: Das Buch der Bücher von Peter Altenberg. Zusammengestellt von Karl Kraus. Hg. von Rainer Gerlach. Bd. 1. Göttingen 2009, S. 189–223; hier S. 199. Die Hervorhebungen stammen hier, wie in allen weiteren Altenberg-Zitaten, aus dem Original.

berg zufolge darauf abzielt, eins mit dem eigenen Körper zu werden, ist es das Ziel der männlichen, die Triebe zu kontrollieren, das Bedürfnis ihrer unmittelbaren Befriedigung im Zaum zu halten. Angesichts eines offensichtlichen Scheiterns des Triebverzichts beim Alkoholkonsum verfolgen Altenbergs Texte nicht nur eine Strategie der Veredelung, sondern auch eine der Verharmlosung. Denn immer wieder betonen sie, dass nicht die Suchtmittel, sondern die Nahrungsaufnahme und Sexualität die vorrangigen Gebiete der Bedürfniskontrolle sein sollten. In diesem Sinn antwortet in »Fechsung« ein »Herr von Altenberg« auf die Frage: »Wann soll man eigentlich essen«: »›Erst wenn der Gedanke an eine alte Brotrinde das Wasser im Munde sozusagen zusammenlaufen macht!‹ ›Herr von Altenberg, ist es in ›*sexuellen Dingen*‹ vielleicht *ebenso*?!?‹ ›*Ja, ganz ebenso!*‹«[17]

Es ist für diese Ausblendung des Alkoholexzesses bezeichnend, dass diese Sucht in Altenbergs Liste der gefährlichen Gewohnheiten fehlt: »*Gefährlich* sind nur die Dinge, die du auf die Dauer verträgst! Ein festes Verhältnis, die Ehe und Mehlspeisen! *Fett* und die *Hure* sind *ungefährlich*!«[18]

Dieser blinde Fleck, der die Gefahren des regelmäßigen exzessiven Alkoholkonsums der Wahrnehmung entzieht, ist in einer Ökonomie des Begehrens, in der der Kampf gegen die Macht der Gewohnheit, das Lob des Vo-

---

17 Peter Altenberg: Fechsung [1915]. Zitiert nach: Das Buch der Bücher von Peter Altenberg. Zusammengestellt von Karl Kraus. Hg. von Rainer Gerlach. Bd. 2. Göttingen 2009, S. 461–547; hier S. 465.

18 Ebd. S. 462.

rübergehenden und die Stärkung durch Konsumverzicht eine intime Koalition eingehen, besonders auffallend. Er zeigt die Kluft an, die sich zwischen der Biografie und den Inszenierungen des wahren Lebens auftut.

Die Ökonomie der Askese

In Altenbergs Lebensrezepten bildet die Askese eine der wichtigsten Zutaten. Denn sie ist das bewährteste Mittel zur Steigerung der »Spannkräfte« des Lebens. Das Begehren wird durch Bedürfniskontrolle, durch Aufschub und Verzicht verstärkt. Solche Intensität wird durch die Reizung nicht nur des Seh- und Gehör-, sondern besonders auch des Tast-, Geruchs- und Geschmackssinns verstärkt. Wie Niklaus Largier betont, waren sich »die dekadenten Literaten des späten 19. Jahrhunderts […] darin einig, daß die delikatesten Genüsse, die subtilsten Nerven- und Sinneskitzel nur dort zu finden sind, wo sie – wie bei der Askese – dezidiert mit der Auflehnung gegen die Natur einhergehen.«[19] Diese »Lust in der Askese, welche im Urteil der aufgeklärten Moderne als ›überreizt‹ bezeichnet wurde«[20], ist es, die Altenberg denen, die ihm auf dem Weg zum wahren Leben folgen wollen, schmackhaft machen will. In Altenbergs Konzept der Askese manifestiert sich besonders plastisch, dass seine Vorstellung vom wahren, intensiven Leben nicht auf ein »natürliches« Gleich-

---

19 Niklaus Largier: Die Kunst des Begehrens. Dekadenz, Sinnlichkeit und Askese. München 2007, S. 7.

20 Ebd.

gewicht, auf Homöostase hinausläuft, sondern auf eine künstliche Potenzierung innerer Spannungen. An prominenter Stelle, am Beginn von »Pròdromos«, werden denn auch nicht biologische, sondern ökonomische Kategorien verwendet, um den Kräftehaushalt des Organismus als Spannungszustand zu explizieren:

»Geld ist eine vollkommen gleichwertige Kraft zur Erhaltung unseres Organismus wie unsere übrige Nervenkraft. Es ist ganz ebenso ein Erzeuger, Erhalter, Steigerer unserer Gesamt-Lebens-Energien. Daher gibt es eine ganz identische *ökonomische Hygiene und Diätetik*. Sparsamkeit ist die Tugend der Tugenden. Geiz und Verschwendung sind Laster! ›Ich bin Blut-arm‹ ist gleich ›Ich bin Blut-arm‹!«[21]

Erhaltung und Vermehrung der Nervenkraft ist das quasi-ökonomische Programm, das hier ausgebreitet wird. Nervenkraft und Lebensenergie sind mit Sinnlichkeit identisch. Gesteigert wird diese durch Kontrolle und Verknappung der Bedürfnisbefriedigung. Das Plädoyer für die Einfachheit folgt dieser Grammatik der Reduktion, der Verwerfung alles Überflüssigen:

»Hygiene und Diätetik, diese Sparer und Mehrer menschlicher Lebensenergien, seien euer Luxus! Auch im *Blechlavoir* kann man rein werden, mit Schwamm und *billigster* Kernseife.«[22]

Der strikte Verzicht auf Luxus, die Gebote der Reinheit und Askese dienen keineswegs der Abtötung der Sin-

21 Peter Altenberg: Pròdromos (Anm. 16), S. 189.
22 Peter Altenberg: Fechsung (Anm. 17), S. 529.

ne, im Gegenteil: Der »*Genuß* der Einfachheit«[23] wird angestrebt. Die Genießer sind paradoxerweise jene, die die Reize und die Spannung durch absichtlichen Entzug bis an die Grenze des Erträglichen steigern und »den Gipfel ihres [...] möglichen Nerven-Tonus«[24] erreichen, um ihn dann lustvoll entladen zu können: »Die überschüssigen Kräfte seiner Seele los werden können in Räuschen, in Ekstasen! Das ist die Hygiene der Herzen, welche – – an überschüssigen Kräften leiden.«[25]

Askese als Lustgewinn und Hygiene als Entladung verhalten sich hier komplementär zueinander. Askese ist somit nicht nur eine Form der Hygiene, sondern auch deren Auslöser.

Ess- und Sexualtrieb werden dabei in eins gesetzt: »Genieße erst eine Frau, bis *dich die Sehnsucht nach ihr verzehrt*! Auch hier gilt das Sprichwort: Hunger ist der *beste Koch*!«[25] Diese auf eine gängige Phrase »heruntergekochte« hygienisch-diätetische Verhaltensregel zum Zweck des Lustgewinns wird in »Pròdromos« genussvoll ausgebreitet:

»Der Atem einer Frau muß dich seelisch beglücken können, der Duft ihrer Bluse und jedes Kleidungsstückes überhaupt. Alles an ihr muß *märchenhaft* wirken, wirklich etwas Zauberhaftes. In einem Meer der Sehnsucht mußt du zu ertrinken wähnen, Tag und Nacht. Die Sehnsucht muß dich krank machen, noch kränker und noch krän-

23 Ebd.

24 Altenberg: Pròdromos (Anm. 16), S. 189.

25 Altenberg: Wie ich es sehe (Anm. 6), S. 57.

26 Altenberg: Fechsung (Anm. 17), S. 463.

ker, und dann fast irrsinnig. Dann, dann erst öffne die Schleusen, erlöse und begatte dich! Dann erst! Vor den *schrecklichen Toren des Irrsinns* mußt du stehen können und warten! Früher hast du kein Anrecht auf Seligkeit!«[27]

Offensichtlich wird an dieser Stelle die Differenz der Altenberg'schen Diätetik zum zeitgenössischen Hygienediskurs. Zwar kennt auch dieser (zeitweiligen) Triebverzicht als gesundheitsfördernde Maßnahme.[28] Doch bei Altenberg geht es ausdrücklich nicht um Gesundheit, sondern um einen Triebverzicht, der den Lustgewinn so weit steigert, dass er als Erlösung erfahrbar wird. Für eine solche, auch bei den *Décadence*-Autoren, etwa bei Baudelaire und Huysmans, zu findende Strategie prägt Altenberg in »Pròdromos« den Begriff *»physiologische Romantik«*[29]. Wenn Altenberg der Dekadenz im Namen der Naturverbundenheit und des gesunden Lebens absagt, so ist diese Naturverbundenheit, die Utopie eines naturnahen Lebens, das Allerkünstlichste, Produkt einer in allen Einzelheiten durchgearbeiteten Inszenierung. Und gerade die Betonung der Ambivalenzen und Widersprüche ist ja ein zentrales Merkmal des Fin de Siècle.

Sarasin bezeichnet die Hygiene als eine »Technologie des Selbst, die ihre Normen vom Körper her definierte«[30], Altenberg dagegen kehrt, ganz im Zeichen der *Décadence*, die Prioritäten um. Der Augenblick der Erlösung, der »Seligkeit« ist es, dem die Technologie des Selbst

27 Altenberg: Pròdromos (Anm. 16), S. 190.
28 Zahlreiche Belege finden sich bei Sarasin 2001 (Anm. 10).
29 Altenberg: Pròdromos (Anm. 16), S. 198.
30 Sarasin 2001 (Anm. 10), S. 452.

und des Körpers untergeordnet werden. Nur indem Körper und Geist bis an die Grenze des Erträglichen strapaziert werden, können die Klimax des Begehrens und der Kulminationspunkt der Lust erreicht werden. Und wenn in der Sicht Sarasins selbst der dominante Hygienediskurs nicht restlos als Agent der Normalisierung im Sinne Foucaults funktionierte, sondern als Technik der Selbstbemeisterung in einem Spannungsverhältnis zu einer kollektiven Normalisierung stand[31], so entzieht sich Altenbergs ästhetizistische Indienstnahme des Hygienediskurses vollends einer biopolitischen Instrumentalisierung. Was Largier über den Zusammenhang von Lust und Askese herausstellt (»Es ist das irreduzibel Partikuläre, das Einzelne, nicht das Vernünftige oder Natürliche, das beschworen wird und dessen Bedeutung ganz im Ereignis des Genießens aufgeht«[32]), gilt ohne Abstriche auch für Altenbergs Lebensmaximen. Ein Aphorismus aus »Fechsung« bringt die Inversion von Normalem und Pathologischem auf den Punkt: »Die *Kranken* sollten die *Gesunden* internieren, damit diese an ihnen keine *Gemeinheiten* begehen können!«[33]

---

31 »Der Hygienediskurs liefert für das Verhältnis von Wissen, Macht und Selbsttechnik ein sehr illustratives Beispiel, weil sich an ihm zeigen lässt, dass die Ambivalenz der wechselseitigen Beziehungen dieser drei Dimensionen nicht aufgelöst werden kann. D. h., dass der Hygienediskurs nicht per se Individuen entlang der Achse Macht–Wissen normalisierte, sondern dank seiner diskursiven Produktion von Selbstverhältnissen von einer unauflösbaren Spannung gekennzeichnet war.« Sarasin 2001 (Anm. 10), S. 257.

32 Largier 2007 (Anm. 19), S. 7.

33 Altenberg: Fechsung (Anm. 17), S. 465.

Obwohl Altenberg Essen, Verdauung und Sexualität zusammendenkt, ist deren Logik nicht in allen Teilen deckungsgleich. Die Verdauung als Vorgang innerer Reinigung folgt in Altenbergs Körperregime nicht der sexuellen Ökonomie, in der sich Stauung und Abfuhr in ihrer Intensität gegenseitig bedingen. Für das Essen gilt die Regel: je seltener, je weniger und je leichter, desto besser, während für die Verdauung gilt: je schneller, desto besser: »Ich sterbe lieber an Diarrhöe als an Verstopfung.«[34] Abhilfe gegen Letztere ist denkbar einfach:

»Verstopfung, zu deutsch: *Obstipation*, erzeugt bereits eine leichte Form des Kretinismus! Durch richtig ausgewählte *leichtverdauliche* Nahrung und ideale *Abführmittel* (Cortex Rhamni Frangulae, ein *Kaffeelöffel* voll) kannst du, mein Freund, aus einem Ochsen sogar ein Genie werden! Ich bin auch erst auf diesem Umweg dazu gekommen!«[35]

Darf man auch die Ironie solcher Äußerungen nicht verkennen, so ist doch Altenbergs geradezu zwanghafte Beschäftigung mit der Verdauung und dem Stoffwechsel unübersehbar. Sie ist keineswegs eine persönliche Idiosynkrasie, sondern typisch für seine Zeit, in der Stoffwechselprobleme nicht nur in Zeitungen und Zeitschriften,

34 Ebd. S. 461.

35 Peter Altenberg: Nachfechsung [1916]. Zitiert nach: Das Buch der Bücher von Peter Altenberg. Zusammengestellt von Karl Kraus. Hg. von Rainer Gerlach. Bd. 2. Göttingen 2009, S. 551–650; hier S. 647.

etwa in den zahlreichen Werbeanzeigen für Abführmittel, sondern auch in Briefen, Tagebüchern und autobiografischen Zeugnissen von Künstlern und Literaten ein überproportionales Interesse beanspruchen. Altenbergs körperliche Reinigungsexerzitien sind ebenso wie das Fasten als diätetische Maßnahmen zugleich auch Mittel geistiger und seelischer Verfeinerung, ihre *Conditio sine qua non*: »Zart denken, zart empfinden wollen, aber unzart fressen wollen, das gibt es nicht!«[36] Aus dem Triebverzicht und -aufschub ergibt sich eine »langsame Akkumulation von ungeheuren Lebens-Energien«[37]. So sind die »*genialen Naturen*« »Naturkraft-Speicher«, die »Erregungen in sich anhäufen lassen können, ohne der drängenden Erlösung nachzugeben«.[38] Die durch die Askese erzielte Steigerung des »Lebens-Kapitals«[39] ist auch das einzige Gegenmittel gegen Krankheiten: »Eine jede Krankheit kann ausschließlich nur durch *Ersparung* an Lebensenergie-*Ausgaben* und *Anhäufung* von Lebensenergie-*Einnahmen* besiegt werden!«[40] In einem ökonomischen Kalkül wird der Triebverzicht bis an die Grenze des Pathologischen vorangetrieben. Eben solche Grenzgänge verleihen dem Individuum die Stärke, die es braucht, um Krankheiten erfolgreich zu bekämpfen.

Gesundheit und Krankheit stehen bei Altenberg in einem oszillierenden Spannungsverhältnis, in dem die beiden

36 Altenberg: Pròdromos (Anm. 16), S. 191.
37 Ebd. S. 190.
38 Ebd. S. 194.
39 Ebd. S. 214.
40 Ebd. S. 195.

gegensätzlichen Terme ständig ihre Wertigkeiten ändern und umgepolt werden können. Dabei bezeichnen Attribute wie »dekadent«, »irritabel« und »nervenschwach«[41] positive, zu befürwortende Eigenschaften. Der Dekadente ist, wie es in der »Parabel« aus »Pròdromos« festgehalten wird, der Höherentwickelte.[42] Da sie den Stoffwechsel mit der Umwelt steigert, ist die Neurasthenie die Voraussetzung für diese Entfesselung der Kräfte, die im Individuum schlummern und durch Askese und Exzess, in den Ekstasen der Nüchternheit und Berauschtheit, entfesselt werden sollen.

Umgekehrt ist es aber eben diese Neurasthenie des Dichters, die ihn besonders eines strengen diätetischen Regimes, einer gesteigerten Sorge um sich bedürftig macht:

»Zum Dichten gehört vor allem ›Freiheit von Allem, was alle Anderen *bedrängt* und *knebelt*‹. Ich spreche da noch gar nicht von ›langsam unmerklich beginnenden organischen Erkrankungen irgendwo‹, der Arzt weiß es leider erst, bis er es weiß, von ›mehr Geld ausgeben als man sollte‹, vom ›*Ehrgeiz-Krebse*‹, vom ›Neide‹, von ›Qual der Eifersucht, diesem *Krebs der Seele*‹, ich spreche da sogar bereits von der *allergeringsten* Magen- oder Darm-Verstimmung oder ähnlichen *scheinbar* unbedenklichen Schwächungen. Für den ›*Dichter-Organismus*‹ ist eben leider Gott sei Dank nichts unbedenklich, sondern schwer schädigend. Deshalb muß er bei allem *scheinbaren* Talente dennoch *ohne* ›Hygiene und Diätetik‹ schändlich Schiffbruch leiden, es wäre denn, er wäre, Einer unter

41 Ebd. S. 196.

42 Vgl. ebd. S. 200.

Tausenden, ein Welten-Riese à la Goethe, Zola, Tolstoi, Hamsun, Dostojewsky […].«[43]

Was hier als Demutsgeste vor den »größeren« Dichtern zur Schau gestellt wird, erweist sich unter der Hand als das Programm einer dichterischen Sensibilität, von der gerade die körperliche Überempfindlichkeit ein untrügliches Zeugnis ablegt. Poetik und Diätetik bedingen sich gegenseitig: Der Organismus des Dichters muss mit »Hygiene und Diätetik gegen die tägliche, stündliche Vergiftung unserer Lebens-Elastizitäten«[44] geschützt werden, zugleich muss er aber ständig auf der Kippe stehen, denn nur um den Preis dieser Gefährdung ist die für das Schreiben nötige Feinfühligkeit, Aufnahme- und Differenzierungsfähigkeit aufrechtzuerhalten. Das Schreiben wird dabei selbst als eine diätetische Verrichtung verstanden: »Ich betrachte schreiben als eine natürliche organische Entlastung eines vollen, eines übervollen Menschen.«[45]

Vorschreiben und Vorleben

»›On ne vit pas de ce qu'on mange, on vit de ce qu'on digère!‹ Dieses gilt nicht nur für Speisen, sondern auch

43 Peter Altenberg: Mein Lebensabend. Berlin 1919, S. 19.

44 Ebd. S. 262.

45 Peter Altenberg: Brief an Arthur Schnitzler. Juli 1914. In: Die Wiener Moderne. Literatur, Kunst und Musik zwischen 1890 und 1910. Hg. von Gotthart Wunberg unter Mitarbeit von Johannes J. Braakenburg. Stuttgart 1981, S. 427f.; hier S. 427.

für Bücher und Menschen! Vor allem für diese.«[46] Dieser Grundsatz führt zum Grundkonzept der Altenberg'schen Diätetik. In ihrem Zentrum steht die Verarbeitung: in der Verdauung, in der Lektüre, im Umgang mit Menschen. Für diese Verarbeitung ist das Schreiben unverzichtbar. Altenberg zufolge sollen das wahre Leben und das wahre Schreiben eine Einheit bilden. Nach seinem Selbstverständnis ist seine Schreibmethode einer solchen Identität von Schreiben und Leben ebenso verpflichtet wie dem Ideal eines schnellen Stoffwechsels. Im bereits zitierten Brief an Arthur Schnitzler heißt es:

»Wie schreibe ich denn?! Ganz frei, ohne Bedenken. Nie weiß ich mein Thema vorher, nie denke ich nach. Ich nehme Papier und schreibe. Sogar den Titel schreibe ich so hin und hoffe, es wird sich schon etwas machen, was mit dem Titel in Zusammenhang steht. Man muß sich auf sich verlassen, sich nicht Gewalt antun, sich entsetzlich frei ausleben lassen, hinfliegen –. Was dabei herauskommt, ist sicher das, was wirklich und tief in mir war. Kommt nichts heraus, so war eben nichts wirklich und tief darin und das macht dann auch nichts.«[47]

Das Selbstbild lockerer Ungezwungenheit und poetischer Spontaneität, das Altenberg hier vermittelt,[48] paart

---

46 Peter Altenberg: Pròdromos. Berlin 1906, S. 126f.

47 Altenberg, Brief an Arthur Schnitzler (Anm. 45), S. 427.

48 Solcher Selbststilisierung widersprechen briefliche Mitteilungen Altenbergs, in denen durchaus von Korrekturen und Überarbeitungen die Rede ist. Vgl. etwa die frühen Briefe in: Leo A. Lensing (Hg.): Peter Altenberg. Die frühen Briefe. Briefe und Dokumente 1892–1896. Göttingen 2009. Vgl. dazu

sich mit Selbstironie, wenn er des Weiteren seine Texte als »Muster ohne Wert« bezeichnet – »und die Ware kommt alleweil nicht.«[49]

Selbstverkleinerung und Selbstbestätigung sind Varianten eines Selbstverhältnisses, das sich von den Normen der Umwelt unabhängig zu machen strebt. »Selbstsucher« ist die von Schnitzler stammende Charakterisierung Altenbergs, die er begeistert aufnimmt – aber nicht ohne den Zusatz: »Wann werden Sie aber schreiben ›Selbstfinder‹?!«[50]

Im Selbstverständnis als »Selbstsucher« kommt eine »essayistische« Lebenshaltung zum Tragen, die sich nicht mit dem Gegebenen zufriedengibt: »Der Mensch lebt nicht vom Brot allein, sondern von seiner Berührungsfähigkeit mit dem ›anderen Zustand‹, mit der Utopie des Noch-nicht«[51], formuliert Wilhelm Genazino mit deutlicher Anspielung auf Robert Musil. Die Indolenz der Mehrheit gegenüber solchen Versuchen, die Grenzen des gewohnten Wirklichkeitskreises zu überschreiten, erklärt sich mit den Worten des Altenberg nahe stehenden Karl Kraus damit, dass sie »den Lebenszweck den Lebensmitteln subordiniert«[52]. Zurückhaltung gegenüber der Öffent-

---

auch: Alexander Košenina: Der Bizeps im Kopf ist einfach zu rege. In: FAZ, 28.9.2009, S. 26.

49 Altenberg, Brief an Arthur Schnitzler (Anm. 45), S. 428.

50 Ebd. S. 427.

51 Wilhelm Genazino: Ein Spezialist der sicheren Empfindung. Peter Altenbergs Aktualität. In: Das Buch der Bücher von Peter Altenberg. Zusammengestellt von Karl Kraus. Hg. von Rainer Gerlach. Bd. 1. Göttingen 2009, S. 7–14; hier S. 10.

52 Karl Kraus: In dieser großen Zeit. In: Die Fackel 404, 5.12. 1914, S. 1–19; hier S. 5.

lichkeit und Rückzug in den intimen Freundeskreis sind daher das sozialpsychologische Pendant zu Altenbergs asketischer Diätetik.

Dabei ist das Schreiben besonders innig mit der Ökonomie der Askese verbunden. Denn die Abwesenheit verstärkt das Begehren, dessen Medium die Schrift ist. Wenn es über die Liebe zu den Frauen heißt: »Der Schmerz während ihrer (der geliebten Frauen) *Abwesenheit* muß tiefer sein als das Glück, das ihre *Anwesenheit* dir bietet«[53], so ist diese Mahnung begründet durch die Sorge um die Produktivkraft des Schriftstellers, dessen Medium das Abwesende vergegenwärtigt. In »Pròdromos« heißt es dementsprechend aus verschobener Perspektive, nämlich im »Tagebuch eines süßen Mädels in Wien«: »Ich habe den Peter so gern, wenn er nicht da ist. [...] Aber wie er da ist, mag ich ihn nicht mehr. [...] Er ist aber auch nur als Geschriebener der Peter! [...] Aber wenn er kommt, ist alles aus.«[54] Die Einheit von gesprochenem und geschriebenem Wort ist bei Altenberg prekär – auch dies verbindet ihn mit der Wiener Moderne um 1900, in der die Sprachkrise zu einem zentralen Problem wurde. Dem Liebhaber als Schriftsteller, der in den Triumphen des Schreibens die Versöhnung von Körper und Geist findet, ist die ersehnte Harmonie von gesprochenem Wort und Leib verwehrt, wie sie die »Primitive« verkörpert: »Er liebte Diese, für die die Sprache Identität mit dem Gesammtorganismus war, ja, der tönend gewordene Gesammtorganismus selbst, nicht ein Instrument, wie die Flöte, die Klarinette,

53 Altenberg: Pròdromos (Anm. 16), S. 194.

54 Altenberg: Pròdromos (Anm. 16), S. 222.

auf dem man beliebig spielen konnte, so oder so.«[55] Der Dichtertypus, wie ihn Altenberg repräsentiert, findet in der Stimme nicht mehr den Ausdruck individueller leiblicher Einheit. Die *Schrift* ist für ihn das Medium, mit dem er eins zu werden sucht.

Das Schreiben ist also nicht nur ein Instrument der Beobachtung und der Selbstbeobachtung, es ist auch Teil des diätetischen Programms – und zwar in dem Sinn, dass es einen sublimierenden Aufschub gewährleistet, eine Verfeinerung des Sinnlichen, die zugleich seine Steigerung ist. Analog zum Stoffwechsel werden Wahrnehmungen im Prozess des Schreibens verarbeitet und in Energie verwandelt. »Eindrücke in sich *aufnehmen*?!? Nein, Eindrücke *verdauen*!«[56] Auch hier wird der Schreibstil analog zur Diätetik gedacht: Doch liegt die Betonung weniger auf raschem Stoffwechsel denn auf dem Speisekonzentrat. Dem Verzehr von kräftigenden Extrakten entspricht das Herstellen von Extrakten beim Schreiben und der Genuss von Extrakten, von Quintessenzen beim Lesen. In Altenbergs Poetologie fallen einerseits Inhalt und Form, Thema und Struktur, andererseits Produktion und Konsumtion, Schreiben und Lesen vollkommen zusammen. Das Geschriebene sollte im Sinne der Diätetik wie die Speisen leicht verdaulich und kräftigend sein. Unter dem Titel »Selbstbiographie« heißt es in »Was der Tag mir zuträgt«:

»Denn sind meine kleinen Sachen Dichtungen?! Keineswegs. Es sind Extrakte! Extrakte des Lebens. Das Leben der Seele und des zufälligen Tages, in 2–3 Seiten

55 Altenberg: Wie ich es sehe (Anm. 6), S. 38.

56 Altenberg: Pròdromos (Anm. 16), S. 201.

eingedampft, vom Überflüssigen befreit wie das Rind im Liebig-Tiegel! Dem Leser bleibe es überlassen, diese Extrakte aus eigenen Kräften wieder aufzulösen, in genießbare Bouillon zu verwandeln, aufkochen zu lassen im eigenen Geiste, mit einem Worte, sie dünnflüssig und verdaulich zu machen.«[57]

Freilich brauchen solche Extrakte auch Leser mit einer ihnen entsprechenden Konstitution:

»Aber es gibt ›geistige Mägen‹, welche Extrakte nicht vertragen können. Alles bleibt schwer und ätzend liegen. Sie bedürfen 90 Prozent Brühe, Wässerigkeiten. Womit sollten sie die Extrakte auflösen?! ›Mit eigenen Kräften‹ vielleicht?! So habe ich viele Gegner, ›*Dyspeptiker der Seele*‹ ganz einfach! Schwer Verdauende!«[58]

Verknappung und Reduktion sind die der Diätetik Altenbergs analogen literarischen Verfahren. »Ja, ich liebe das ›*abgekürzte Verfahren*‹, den *Telegramm-Stil der Seele!*«[59], heißt es weiter in der »Selbstbiographie«. Das durch Weglassen von Zwischengliedern gesteigerte Tempo, das die Distanzen zwischen den Gegenständen radikal verkürzt und zugleich unscheinbare Einzelheiten wie unter dem Mikroskop vergrößert, ist auch als stilistischer Tribut an die technische Moderne zu sehen. Doch sind es nicht nur skizzierte Situationen, Kurzdialoge und Kür-

---

57 Peter Altenberg: Was der Tag mir zuträgt [1901]. Zitiert nach: Das Buch der Bücher von Peter Altenberg. Zusammengestellt von Karl Kraus. Hg. von Rainer Gerlach. Bd. 1. Göttingen 2009, S. 99–185; hier S. 102f.

58 Ebd. S. 103.

59 Ebd.

zestgeschichten, Impressionen und Aphorismen, die solcherart verknappt aneinandergereiht werden. Altenbergs Texte zeugen auch von einer auffälligen Vorliebe für den Imperativ. Der inflationäre Gebrauch von Rufzeichen ist nicht nur Ausdruck eines forcierten Pathos, sondern auch eines penetranten Verordnungsstils. Wenn sich Altenberg demonstrativ als Vorläufer, »Pròdromos«, in Szene setzt, so wird die Gefolgschaft durch Imperative ausdrücklich eingefordert. Auch daher rührt die Nähe vieler Sätze zu Werbeslogans. Selbst einer der vielen zeitgenössischen Bewunderer Altenbergs, Egon Friedell, stellt in seiner »Kulturgeschichte der Neuzeit« fest: »Viele Passagen in seinen Skizzen könnten ebensogut in einem Ausstellungskatalog, einem Kochbuch oder einem Modejournal stehen. Bisweilen sinkt er bis zum Stil der Zeitungsannonce herab.«[60] Schon in »Ecce Poeta« hatte Friedell in Hinblick auf »Pròdromos« bemerkt: »Es ist etwas gewollt Hieratisches im Faltenwurf der Rede, ein fortwährendes Überschreien, Übersteigern, Plakatieren.«[61]

Die (Un-)Ordnung der Texte

Ostentativ werden in Altenbergs Schriften Lebensrezepte und -regeln aneinandergereiht. Neben dem Schauspiel bilden in diesen Texten die Zeitung und die Reklame zentrale

60 Egon Friedell: Kulturgeschichte der Neuzeit. Ausg. in 2 Bänden. Bd. 2. 6. Aufl. München 1986, S. 1457.

61 Egon Friedell: Ecce Poeta [1912]. Mit einem Vorwort von Wolfgang Lorenz. Zürich 1992, S. 224.

kommunikative Muster. Und ähnlich wie dem Nebeneinander der Zeitungsannoncen haftet auch den inflationär gebrauchten Imperativen der Charakter des Zufälligen, Kontingenten an. Die Reihung der einzelnen Stücke in »Pròdromos« wirkt beliebig. Friedell urteilt über die Disposition dieses Bandes: »Es ist eine unsortierte Sammlung von Aphorismen, Parabeln, Epigrammen und Lehrsätzen, ein bloßes Gemenge von allerlei Gedanken, die keine organische Verbindung miteinander eingegangen haben [...].«[62] Zwar dominieren, wie Friedell richtig bemerkt, didaktische Genres, aber dazwischen »finden sich wiederum kleine Anekdoten und Portraits eingesprengt, oder plötzliche Interjektionen von einem Satz, und dazwischen wieder eine nüchterne Geschäftsadresse«.[63] In diesem heterogenen Gemenge finden sich mehrmalige, oft wörtliche Wiederholungen: »Das Ganze liest sich wie ein schlecht edierter Nachlaß. Es ist sicherlich in der äußerlichen Form das schwächste von Peter Altenbergs Büchern.«[64] Es ist eben die herkömmliche *Form* des Buches, die hier aufgelöst wird. Altenbergs literarische Organisationsform, die auf dem Nebeneinander und der Gegenüberstellung des Disparaten, Heterogenen beruht, weist auffallende Analogien zur Zeitung auf – allerdings in einer extrem individualistischen Variante: Den Zeitungsberichten entsprechen die impressionistischen Beobachtungen, den Kommentaren die aphoristischen Bemerkungen, den Werbeannoncen die diätetischen und hygienischen Ratschläge und Anweisungen.

62 Ebd., S. 225.
63 Ebd., S. 226.
64 Ebd.

Wenn Altenberg mit dem Buchtitel »Was der Tag mir zuträgt« zusätzlich eine Parallele zur Tagesaktualität der Zeitung suggeriert, so ist aber solche Konvergenz trügerisch. Denn die ephemeren Betrachtungen und Skizzen reklamieren für sich eine Dauerhaftigkeit, die dem Journalismus fremd ist. Hier zeigt sich die Verwandtschaft mit einem Organisationsmodell, das dem Bedürfnis, einer exklusiveren literarischen Öffentlichkeit ein Speichermedium bereitzustellen, stärker als die Zeitung entgegenkommt – dem Album.[65] Dieser Form ist Altenberg nicht nur durch die Publikation mehrerer beschrifteter Fotoalben innigst verbunden. Altenbergs öffentliche Präsenz fand ihren Ort im Kaffeehaus, im Café Griensteidl und im Café Central, im Kreis der Freunde und Verehrer. »Das Altenbergbuch«[66], zwei Jahre nach Altenbergs Tod von Egon Friedell herausgegeben, vereinigt nicht nur Zeugnisse, Briefe und Hommagen von Freunden und Dichterkollegen wie Thomas Mann, Alfred Kerr, Hermann Bahr, Hugo von Hofmannsthal, Felix Salten, Georg Kaiser, Alfred Polgar, Adolf Loos, Genia Schwarzwald[67] und Egon Friedell selbst, sondern auch zahlreiche Bilder des Verstorbenen und ihm nahe stehender Personen. Das Album dient hier ganz offensichtlich dem, was Annegret

65 Zur Poetologie des Albums vgl.: Annegret Pelz: Lose Vereinigung – Mappenwerk. In: verschiedene sätze treten auf. Die Wiener Gruppe in Aktion. Hg. v. Thomas Eder und Juliane Vogel. Wien 2008 (= Profile 15), S. 163–173.

66 Egon Friedell: Das Altenbergbuch. Leipzig, Wien, Zürich 1921 [Reprint der Originalausg.: Innsbruck 2007].

67 Frauen sind, wie diese Liste zeigt, nur spärlich vertreten.

Pelz mit Blick auf die Wiener Gruppe im Österreich der Nachkriegszeit als »Konstitution eines nicht-familialen Gruppengedächtnisses« bezeichnet, denn Alben gelten »mit ihren Inskriptionen und Bebilderungen als der wichtigste Beleg interpersonaler literarischer Beziehungen.«[68]

Das Ordnungsprinzip des Albums ist keineswegs auf Bilder im engeren Sinn angewiesen. Es liegt als poetologisches Modell sämtlichen Büchern Altenbergs zugrunde. Kohärenz wird in ihnen nicht organisch hergestellt. So präsentiert sich etwa »Pròdromos« als Sammlung zerstreuter Textfragmente, zerstreuter Gedanken, in doppeltem Sinn: Es sind zerstreute Produkte eines zerstreuten Schreibenden, der heterogene Textsorten in einer inkongruenten Reihe zusammenstellt. Ihr Zusammenhang beruht nicht auf einer Systematik oder einer genealogischen Ordnung, in der sich das Spätere vom Früheren ab- oder herleiten ließe. Anstelle eines geordneten Nacheinanders tritt ein loses Nebeneinander nach dem Prinzip der Montage. Die einzelnen Teile und Bruchstücke sind keineswegs in einer unverrückbaren Reihenfolge angeordnet, in der sich das eine aus dem anderen ergäbe. Im Gegenteil: Wie in einem Warenkatalog sind sie umstellbar, beweglich, neu und anders kombinierbar. Eine solche Poetologie des Katalogs und des Albums passt bestens zu einer Ästhetik der Oberfläche. In »Pròdromos« betont Altenberg im Rückblick auf seine erste Buchpublikation eine dementsprechende Rezeptionsvorgabe: »Als mein Buch herauskam […], entspann sich […] oft eine heftige Auseinan-

68 Pelz 2008 (Anm. 65), S. 169.

dersetzung darüber, ob man zu betonen habe, ›Wie *ich* es sehe‹ oder ›Wie ich es *sehe*‹!? Die letztere Betonung nun ist die einzig richtige.«[69] Die vorgebliche »heftige Auseinandersetzung« ist Anlass für die Festlegung eines Programms, in dem sich das Subjekt über den Blick konstituiert, einen Blick, der die Welt zum distanziert betrachteten Schauspiel macht.

In Altenbergs Büchern dominieren nicht persönliche Gefühle, sondern Wahrnehmungen, kurze Erzählungen, Miniaturen und didaktische Maximen. Diese berufen sich aber nicht auf die Autorität einer unantastbaren, urteilenden Instanz, sondern sind auf eine Subjektivität verwiesen, die sich als Registrierapparatur präsentiert. Eine so verstandene Subjektivität ist an einen bestimmten Blickwinkel gebunden und wird sich, wie Genazino hervorhebt, ihrer »beschränkten Mittel bewußt«[70]. Was in solcher Selbstbeschränkung, in solcher »Diskretion«[71] an Allgemeingültigkeit verloren geht, das schlägt als Authentizitätsgewinn zu Buche.

Dem entspricht eine Poetik, welche die Gattungen dauernd umformt, umschmilzt, verschmilzt und ihre Evidenzen im Unfertigen und Offenen sucht. An die Stelle hierarchischer Genealogien oder systematischer Ableitungen tritt so das gleichwertige Nebeneinander disparater Materialien, eine diskontinuierliche Serie von Fragmenten, von »Splittern«[72], deren Zusammenhalt einzig aus der

69 Altenberg: Pròdromos (Anm. 16), S. 208.
70 Genazino 2009 (Anm. 51), S. 8.
71 Ebd.
72 So der von Altenberg am häufigsten gewählte Zwischentitel.

variierenden Wiederholung und dem Selbstzitat folgt. Die Textkohärenz konstituiert sich als bewegliches Netzwerk der Beziehungen, in dem die Positionen fluktuieren, die Genres changieren. Altenbergs Werk vollzieht ein doppeltes Manöver: Es bekennt sich zur subjektiven Eigenart der Empfindung, zugleich löst es jede Einheit, auch die individuelle, durch Relativierung der Positionen in ein dynamisches Feld der Beziehungen auf.

Der Reiz und die Irritation dieses Werkes bestehen in der Kluft, die sich zwischen seinem aufdringlichen Pathos des richtigen Lebens und dem Bewusstsein seiner rhetorischen Verfasstheit auftut. Jeder der Imperative, jede der Exklamationen, von denen es in Altenbergs Texten wimmelt, tragen ihre Zitathaftigkeit zur Schau, zeigen sich als theatralische Deklamation. Altenbergs Sätze und Vorsätze treten gleichsam auf die Bühne, wo sie sich gruppieren, umgruppieren und in wirre Interaktionen verstricken – und so den Leser zum Mitspielen einladen. So brechen Altenbergs Texte ständig auf, um das wahre Leben zu finden, kommen aber aus dem Bühnenlärm der »facheusen Complicationen« nicht heraus. Doch angesichts dessen, was sich außerhalb dieser Bühne abspielt, bleibt die Versuchung, durch Lektüreabbruch aus dem Theater ins wahre Leben zu flüchten, gering.

Evelyne Polt-Heinzl

Peter Altenberg und die zeitgenössische Bildproduktion – Mythen, Legenden und blinde Flecke

Schlecht sein ist gar nicht so schlecht wie dumm sein!

PETER ALTENBERG

Poseur aus Not und Leidenschaft

Als Peter Altenberg 1896 im Heft drei der kurzlebigen Zeitschrift *Liebelei* seine erste Skizze »Locale Chronik« publizierte, hing an ihr »[k]ein Dunsthauch irgendwelcher literarischen Küche«[1], so formulierte es Alfred Polgar nach Altenbergs Tod am 8. Jänner 1919 in einem Nachruf voll blumiger Umschreibungen. Etwas distanzierter sieht Polgar allenfalls die späteren Texte, als »der Rhetoriker über den Dichter die Oberhand« gewann und »die Ausrufungszeichen wie aus der zerbrochenen Gewürzbüchse« über seine diätetischen Maximen »pfefferte«. Altenberg »war fertig, als er begann«, so Polgar, und er war siebenunddreißig als sein erstes Buch »Wie ich es sehe« erschien. Schon Zeitgenossen wie Polgar hinterfragten die Bilder kaum, die Altenberg von sich selbst entwarf.

1 Alfred Polgar: Nachruf 2. In: A.P.: Kleine Schriften. Hrsg. von Marcel Reich-Ranicki und Ulrich Weinzierl. Bd 4: Literatur. Reinbek 1984, S. 10–16.

Geboren wurde Richard Engländer, der sich später nach dem Spitznamen seiner Jugendliebe Bertha Lecher aus Altenberg Peter Altenberg nannte und sich damit auch von seinen jüdischen Wurzeln abtrennen wollte, am 9. März 1859 als ältester Sohn einer wohlhabenden Kaufmannsfamilie. Der Start war absolut zeittypisch: Hauslehrer, Akademisches Gymnasium, Jus-Studium. Doch das Studium wird nie beendet, auch nicht das der Medizin und nicht die Buchhandelslehre. Die endlosen Konflikte im Hause Engländer, vor allem mit der »wunderbar schönen überzarten Mama«[2], kann man aus vielen szenischen Miniaturen Altenbergs herauslesen, die oft sensible poetische Familienaufstellungen ergeben. Dass der Vater 1882 bei seinem ältesten Sohn ein Nervenleiden konstatieren lässt, ist wohl der Versuch, eine mit bürgerlicher Wohlanständigkeit kompatible Erklärung zu finden. Schließlich war der kleine Richard immer schon kränklich, was ihm ab 1869 zu wiederholten Aufenthalten in Reichenau an der Rax verhalf, wo er Arthur Schnitzlers unerfüllte Liebe zur schönen Wirtin Olga Waissnix gewissermaßen schwärmerisch vorwegnahm.

Die Arbeit an einem »idealen« Selbstbild im Sinne seines »Wie ich es sehe« und wie er es für die Nachwelt fixiert wissen wollte, setzt Altenberg bis ins hohe Alter fort. Dabei zeigen die Beschwörung und Neu-Erzählung der »romantischen Idyllen« seiner Kindheit auch einiges von seiner Lebenskränkung, dem Scheitern als Erstgeborener eines tüchtigen Geschäftshauses, von dem sich sogar

---

2 Erinnerung. In: Peter Altenberg: Märchen des Lebens. Berlin: 1908, S. 61–63.

die geliebte, den Konventionen offenbar stärker als der Vater verhaftete Mutter abwandte. In Erinnerungen an sie ist die Selbststilisierung zum »Gesalbten«[3] (2/373) nicht aufrechtzuerhalten: »Ich bin glatzköpfig und ziemlich verkommen und 48 Jahre alt und habe es zu nichts gebracht trotz herrlicher Anlagen« (1/254), heißt es in der Skizze »Mama«. In »Das Hauskonzert«[4] aus seinem posthum erschienenen Buch »Mein Lebensabend« legt Altenberg dem »fanatisch geliebten« Geigenlehrer seiner Kindheit die finale Exkulpierung für alles hinkünftige Scheitern in den Mund: »Ein *Genie ohne Fähigkeiten*! Gerade das, was dazugehört im Leben, fehlt ihm, schade, man wird ihn nie anerkennen! *Obzwar* er besser ist!« Als der kleine Peter dann seine Guarnieri um sechshundert Kronen im Zorn am Kopf seines jüngeren Bruders Georg zertrümmert, meint der Vater nur »Na, wenn er lieber auf einer Marktgeige weiterspielt! Ich habe es ihm gut gemeint! Georg, weshalb neckst du aber auch so einen exaltierten Burschen? Lasset ihn seinen Weg gehen, er wird ihn schon finden, hoffentlich! Er ist zwar mein Sohn, aber *verantwortlich bin ich noch lange nicht.*« Das väterliche »Lasset ihn seinen Weg gehen«, das an das biblische »Lasset die Kinder zu mir kommen« erinnert, enthält die vom Vater

---

3 Das Buch der Bücher von Peter Altenberg. Zusammengestellt von Karl Kraus. Hrsg. von Rainer Gerlach. M. e. Essay von Wilhelm Genazino. 3 Bände. Göttingen 2009; Zitate daraus erfolgen im Text mit der Angabe der Band- und Seitenzahlen; wenn möglich wird aus dieser leicht zugänglichen Ausgabe zitiert.

4 Peter Altenberg: Mein Lebensabend. Berlin 1919, S. 7–9.

zugewiesene Bestimmung zum messianischen Künder. Die Abkehr der Mutter wird ausgeglichen vom »rührend idealen« Verständnis des Vaters selbst für die Zerstörung des teuren Instruments in einem Akt der Aggression. »Es fiel uns angenehm auf, daß unser Vater dem Fiaker, der uns führte, du sagte und sich in leutselige Gespräche mit ihm einließ. Er kam uns vor wie ein milder Potentat. Die Trinkgelder waren enorm, gleichsam die Entschädigung für das vertrauliche *Du*.« (2/379f.) Das scheint eine ganz andere Vaterfigur zu sein, die menschliche Regungen in Trinkgeld aufwiegt, während die Eltern im Nicht-Ausnahmefall des Sonntagsausflugs einfach als »Oberster Gerichtshof« wahrgenommen werden. »Wir lebten ›romantische Idyllen‹, deshalb fiel es uns später so schwer, dem realen Leben genüge zu leisten – – –«, lautet der letzte Satz dieser »Erinnerung«. Wie sehr der schwierige Bezug zur Familie für Altenberg ein Lebensthema darstellt, zeigen die vielen Beschwörungen seiner Kindheit. Jene Texte, die das Verhältnis des Erwachsenen zur Familie thematisieren, geraten oft über Gebühr sentimental, wie die Erinnerungen an die Mutter, oder sie wirken wie Wunschfantasien. In der Skizze »Geschwister« (2/377f.) besucht ihn seine Schwester Marie, »Sektionsrätin M.«, und erzählt ihm »am Krankenlager« empört von der Tierquälerei des Gänsestopfens. »Ich erwiderte meiner Schwester. ›Ich bin ganz, ganz erstaunt über deinen Bericht. Gerade von dir, meiner Schwester, die ich jahrelang nicht sehe und spreche! Welcher merkwürdige Zusammenhang der Nerven! Gerade vor einem Jahre schrieb ich nämlich folgende Skizze‹« – natürlich ist es eine, die sich auch gegen Tierquälerei inklusive Gänsemästen wendet. Der Schlusssatz bringt die pathetische Conclusio: »Meine Schwester nahm meine Hand und sagte ruhig: ›Nun, was ist dabei, wir sind eben Geschwister – – –!‹« »Ich erlebe« die Dinge, »weil ich sie mir erdichte« (2/565), heißt es an anderer Stelle, und mitunter ist das »im gleichen Maß unglaubwürdig wie bezaubernd« (Genazino, 1/7).

Karrierewege

Eine Folge von Altenbergs »Umdichtungen« und »Neuerfindungen« seiner eigenen Lebensgeschichte ist eine Reihe von Mythen, die Altenberg als begnadeter Poseur und Eigenvermarkter auch bewusst in die Welt setzte. Die Forschung reagierte auf seine Selbstaussagen oft mit erstaunlich geringer Skepsis. Ricarda Dick hat jüngst die Bestände des Literatur- und Kunstinstituts Hombroich ausgewertet, das zwei seiner Bilderalben beherbergt sowie Teile des Briefwechsels mit Paula Schweitzer und seiner Jugendliebe und Lebensfreundin Ännie Holitscher. Daraus ergaben sich einige Korrekturen, was Person und Leben des Autors betrifft; etwa die Legende vom abrupten Start-up. »S. Fischer druckte mich, also wurde ich« (2/406f.), lautet Altenbergs Sprachregelung dazu, und er liefert selbst verschiedene Versionen, wer der eigentliche Vermittler bei Samuel Fischer war. Doch dem Debüt ging eine längere Phase voraus, in der er sich äußerst aktiv und ungeduldig bei den Gatekeepern der Zeit Gehör zu verschaffen trachtete. »Was ist mit Bahr? Jeder Tag ist ein Verlust; sollte man nicht den Passus: die genialen unter Ihnen, wie Ibsen und G. Hauptmann für diesen Mann streichen oder auch seinen Namen dazu setzen?«[5], schreibt er am 24. Dezember 1891 an Ännie Holitscher.

Zentral für Altenbergs Erfolg war ein sehr aktives Networking, vor allem die Konstellation Karl Kraus, Adolf Loos und Altenberg funktionierte auf vielen Ebenen und trotz mancher Reibereien erfolgreich. Man reichte großmütig, mitunter auch hadernd, abgelegte Damen weiter, versicherte einander der Bedeutsamkeit und teilte die Geste des Künders und Wegweisers – »Pròdromos« ist der Titel eines 1906 erschienenen Bandes von Peter Altenberg[6]. Gemeinsam war allen dreien die – unterschiedlich ausgelebte – Begabung zu Selbstperformance und die Stilisierung als reformatorischer Einzelgänger. Peter Altenbergs Auftritt stand im Zeichen des Originalgenies; mit großer Geste und entsprechendem Outfit knüpfte er an die zeittypische Bewegung der Lebensreformer an. Als »Szenefigur« und »heiliger Narr«, dem Alkohol wie dem Paraldehyd verfallen und, vor allem nach dem Konkurs der väterlichen Firma 1904, in steter Geldnot, pendelte Altenberg scheinbar ohne Sicherheitsnetz zwischen Kaffeehaustisch und Hotelzimmer. Es ist ein kompromissloses Leben als Bohemien, das auch von einem Bekenntnis zur Selbstinszenierung lebt. Kraus »war für mich, weil ich ›echt‹ bin« (3/722), schrieb Altenberg einmal, und das unter Anführungszeichen gesetzte »echt«

5 Ricarda Dick: Peter Altenbergs Bildwelt. Zwei Ansichtskartenalben aus seiner Sammlung. Göttingen 2009, S. 17.

6 Vgl. dazu den Beitrag von Roland Innerhofer in diesem Band.

bedeutet hier mehr die Radikalität der Pose. Dass nach seinem Tod beträchtliche Ersparnisse gefunden wurden, relativierte das Bild des armen Poeten, der sich mit Hunderten von Bettelbriefen mühsam über Wasser hielt, für die Nachwelt nicht.

Altenberg macht sich mitunter über seine Exzentrik auch lustig, doch legt er dabei stets den Nachdruck auf sein Recht auf Besonderheit. In »Der Spazierstock« (1/313–315) setzt er scheinbar dem freundlichen Verkäufer ein Denkmal, der Altenbergs Spazierstock stets höflich zur Reparatur annimmt, um ihn nach einigen Tagen als repariert, in Wahrheit völlig unverändert, wieder auszuhändigen, ohne dafür etwas zu verlangen. Letztlich geht es Altenberg aber auch dabei um die Arbeit an seinem Selbstbild. »Er ist ein *Stock-Narr*! Man muß ihn schonen!«, lässt er den Verkäufer denken, und das ist die Antwort aus dem »Mund« eines Kommis an jenen Kaffeehausgast, dessen Vorwurf er in die Erzählung einbaut: »Lassen Sie diese gewaltsamen Anstrengungen, sich lächerlich zu machen. Es geht auch von selbst!«

Alltag, Wiesen, Seen und Berge

Originell ist Altenberg in vielen seiner psychologischen Skizzen, in denen er aus Beobachtungen, kleinen Ereignissen oder »Hörfunden« liebevolle bis scharfe Bilder zeichnet von den Eigenarten und Eigenwilligkeiten menschlichen Verhaltens. In der Erzählung »Die Maus« (1/210–212), hört er, soeben in sein letztes Domizil im fünften Stockwerk des Hotels am Graben eingezogen, in der Nacht das Knabbern einer Maus. Zimmermädchen wie Portier weisen die Möglichkeit von Mäusen in »ihrem« Hotel entrüstet zurück. Altenberg kauft eine Falle und fängt die Maus. Triumphierend will er sie am Morgen vorzeigen – doch dann überlegt er es sich anders: Die Richtigkeit seiner Behauptung würde ihn von einem schrulligen, leicht erregbaren Hausgast in »die peinliche Kategorie eines sekkanten und höchst ordinären Passagiers« verwandeln. Er verzichtet also auf die Genugtuung des Rechthabens, stellt die entleerte Mausefalle gut sichtbar wieder auf und wird fortan vom Personal mit besonderer Rücksicht behandelt. In Altenbergs Büchern sind viele solcher Fundstücke über die Abgründe und das seltsame Gebaren der Menschen zu finden; mit Vorliebe erlauscht er sie am Kaffeehaustisch, in Hotelhallen oder entlang der Promenadenwege der alten Gesellschaft, die ihren nahen Untergang im Ersten Weltkrieg nicht zu ahnen scheint.

Einen ganz eigenen Ton haben auch viele von Altenbergs Landschaftsimpressionen. Sie leben von seinem Blick für unscheinbare Details und seiner Gabe, Gerüche und Geräusche in seine literarischen Bildkompositionen einzuweben. Diese Texte bewahren oft auch ein eigenwilliges sprachliches Geheimnis; hier ergeben im Unscharfen belassene Formulierungen Dichte und nicht Klischee. »Die Natur bot nirgends eine Pracht und Fülle, aber jede Eiche war bekannt und beliebt auf dem schütteren trockenen Wiesengrunde. Im Walde waren Büsche mit roten Beeren, mit schwarzen Beeren und mit hellgrünen Beeren, und Blumen waren nur zu zählen.«[7] Altenberg liebte die kühlen, feuchten Klimata im niederösterreichischen Bergland oder im Salzkammergut, die fruchtbare Thermenregion bei Bad Vöslau sieht er hier auch als trockene Kargheit; die Formulierung »Blumen waren nur zu zählen« lässt offen, ob das »nur« quantitativ einschränkend gemeint ist oder greifbare florale Üppigkeit meint, wie er sie in anderen Vöslau-Skizzen beschreibt, die allesamt auf einen frühen Kuraufenthalt mit der geliebten Mama rekurrieren und sich von daher verklären wie alle seine Kindheitserinnerungen. In »Die Königswiese in der Vorderbrühl« entwirft er eine Typologie der Wiesen an all seinen Erinnerungsorten und man vermeint, die Unterschiede zu riechen zwischen den verschiedenen Berg-, Bach- und Stadtrandwiesen, »wo die Großstadt abrinnt« und sich an schönen Tagen in latenter Übernutzung niederschlägt (1/238). Wenn aber am Semmering die Bergwiese abgemäht wird, ist es ein »Ereignis«: »hingeschnitten die diskreten Farben eines alten Perserteppichs – – – die Duft-Symphonien abgebrochen unserer ›musikalischen Nasen‹: Wie ein Kapellmeister ›abklopft‹.«[8]

Alle diese Texte sind von poetischer Dichte und synästhetischem Reichtum, besonders zahlreich jene aus dem Rax-Semmering-Gebiet oder dem Salzkammergut. Seit Anfang der achtziger Jahre des 19. Jahrhunderts fuhr die Familie Engländer zur Sommerfrische immer wieder ins Salzkammergut, meist nach Ischl, das erst 1907 zu Bad Ischl wurde. Altenberg hält der Region ein Leben lang

7 Märchen des Lebens, 1908, S. 61–63.

8 »Semmering, 1912«. Berlin 1912, S. 103.

die Treue, sein Lieblingsort wird Gmunden. Viele seiner Skizzen fangen feenhaft leicht die Stimmung und den Zauber der Landschaft ein und weben aus Geräuschen und Gerüchen eine »Wellensymphonie des Sees« (2/378f). Sein erstes Buch »Wie ich es sehe« (1896) beginnt mit dem Zyklus »See-Ufer«; die zweiundzwanzig Texte über das Leben der Gäste in Gmunden sind motivlich miteinander verwoben – eine kompositorische Sorgfalt, die seinen späteren Büchern fehlt. Die kleinen Abenteuer und Situationsberichte beschreiben das eigenartige Biotop der Sommerfrische kurz vor der Implosion der Monarchie, und die gesellschaftlichen Zwänge im Leben der Frauen, für die Altenberg stets hellhörig war – solange sie einigermaßen jung aussahen. Den zu alt gewordenen freilich empfiehlt er recht unverblümt, sich am »Selbstmord des Buchhändlers Brand« ein Beispiel zu nehmen und sich unauffällig im See zu ertränken: »Was wäre es, meine Damen, die einst, einst, so vor 25 Jahren noch, durch Schönheit, Lieblichkeit, Gazellenhaftigkeit, heilige Spenderinnen von Lebensglück waren, und damals ihren Platz in der Welt lieblich ausfüllten, an diesem ›Helden des Lebens‹ ein kleines Beispiel sich zu nehmen?! Aber bitte dann auch nicht die eingenähten 10 Kilo Eisen zu vergessen, ja, bitte?!«[9]

Auch andere Orte des Salzkammerguts hat Altenberg literarisch verewigt. In »Was der Tag mir zuträgt« (1901) beschreibt er den »Ischler Sommer« und »Angenehme Reiseeindrücke« aus Hallstadt oder Bad Goisern

9 Der Selbstmord des Buchhändlers Brand, in: Mein Lebensabend, 1919, S. 74–76, 76.

samt einer – altersmäßig unbedenklichen – Romanze am »Wolfgang-See«. In »Mein Lebensabend« zählt Altenberg nach einem langen Hotelzimmerleben mit buchhalterischer Genauigkeit die Aufenthalte in seinem »Seelen-Heimats-Städtchen«[10] – es sind 23 – und wünscht sich nur »noch einmal Gmunden im *Vorfrühling* zu erschauen und im Spätherbst, kurz, bevor die Menschen kommen, die *nichts* erschauen.« (3/800) »Die Glücklichsten sind die Schwäne am Gmundner See. Sie genießen alle Vorteile der Zivilisation, der noblen Protektion durch die Menschen, und alle Vorteile der Freiheit, indem sie an den schilfbewachsenen Ufern eines zwölf Kilometer langen Sees wohnen!« (1/227f.) So beginnt die zweite Skizze des Bandes »Märchen des Lebens« (1908); vielleicht war für Altenberg Gmunden der Schwäne wegen das »Märchen meines sonst ziemlich unmärchenhaften Lebens« (3/800).

Gegenprogramm oder zeittypische Bildunterschrift?

Die poetischen Skizzen und Szenen aus seinen verschiedenen Lebenslandschaften enthalten gewissermaßen alle Facetten von Altenbergs Werk: das Poetisch-Dichte, mit dem er in kleinen Momentaufnahmen Menschen wie Landschaften hinzumalen versteht, den Hang zu »Idealisierungskitsch« (Wilhelm Genazino, 1/10) oder hymnisch-hohlem Pathos, mit dem er seine Urteile im Tram-

10 Mein Lebensabend, 1919, S. 238.

pelschritt wilder Satzzeichenkaskaden hinschleudert, und seine bedenkliche Neigung zur Pädophilie. In diesem Punkt behalf sich die Forschung lange damit, die kleinen Mädchen ab vier, denen Altenberg den »Hof zu machen« pflegte, mit Schnitzlers sozial unterlegenem, aber erwachsenen »Süßen Mädel«[11] zu überblenden und das Ganze als »heilige« Mädchenverehrung zu verharmlosen. Dabei lag das offen Bedenkliche von seinem Debütband an unverschleiert zu Tage: »Neun und Elf« ist der erste Text in »Wie ich es sehe«; die beiden von ihm vergötterten und geküssten Mädchen sind eben neun beziehungsweise elf Jahre alt und eröffnen einen Zyklus von erotischen Episoden im Sommerfrische-Umfeld von Gmunden, wo auch Altenbergs Sammelleidenschaft für Kinderpornografica begonnen zu haben scheint. Hier lernt er den Hoffotografen Carl Jagerspacher kennen, dessen Fotoserie des Burgtheater-Kinderstars Kamila Gerzhofer zu den ältesten Fotografien von Altenbergs Bildarchiv gehört[12]. Altenberg selbst hat auf seine Skizze »Neun und Elf« wiederholt hingewiesen und aus den beiden Mädchen die Gründungslegende seines Schriftstellerlebens gebastelt: »Dadurch entstand meine überhaupt erste Skizze, die ich je geschrieben habe, in der Nacht, nach dem Abschied der Kinder

11 Wolfgang Lange: »Süße kleine Mädel«. Peter Altenbergs Obsession. In: Liebe, Lust und Leid. Zur Gefühlskultur um 1900. Hrsg. von Helmut Scheuer und Michael Grisko. Kassel 1999 (= Intervalle. Schriften zur Kulturforschung. 3), S. 437–457, S. 453.

12 Peter Altenberg: Extracte des Lebens. Einem Schriftsteller auf der Spur. Hrsg. von Heinz Lunzer und Victoria Lunzer-Talos. Salzburg u.a. 2003, S. 48.

von mir.«[13] »Wie ich es sehe«, so Gisela von Wysocki, sei »Altenbergs erstes Fanal: das ist ein Programm, das sich gegen falsche Sehweisen in den Produktionen der Zeit richtet.«[14] So wollte es Altenberg selbst interpretiert wissen, und das ist bis heute die dominante Sichtweise geblieben. Doch man kann seine Texte genau entgegengesetzt lesen: Sie schreiben poetisch aus, was die künstlerischen Inszenierungen des Frauenbildes der Jahrhundertwende – auf Banknoten, Plakaten, Zeitschriftencover, Aktien oder Bildpostkarten – fortgesetzt thematisieren: die Gestalt der androgynen *femme fragile*, die in endlosen Nuancen von angedeuteter bis offensiver Nacktheit als mädchenhafte Kind-Models den Blicken und Fantasien der Betrachter dargeboten wurden.

»Vor das Außergewöhnliche haben die Götter das Pathologische gesetzt. Zum Schutz der Gewöhnlichen«[15], so interpretiert Polgar Altenbergs »Marotten, Kinkerlitzchen und wüste Absonderlichkeiten«. Altenberg war »eine große reiche Natur, die Gott, Frauen, Kindern nahe war«, ein »ekstatischer Verkünder des schönen Menschenkörpers, fraulicher Grazie und Holdheit«, er »liebte die letzten Aufrichtigkeiten« und war »das stärkste erotische Temperament«, dessen ganze »große romantische Leidenschaft« den »verzauberten Prinzessinnen, den schla-

13 »Semmering 1912«, 1912, S. 95.

14 Gisela von Wysocki: Peter Altenberg. Bilder und Geschichten des befreiten Lebens. Hamburg 1994, S. 118f.

15 Alfred Polgar: Wirkung der Persönlichkeit. In: P.A.: Kleine Schriften. Hrsg. von Marcel Reich-Ranicki und Ulrich Weinzierl. Bd 4: Literatur. Reinbek 1984, S. 16–22.

fenden Dornröschen«[16] galt. So ins Unscharfe formuliert der feine Stilist Alfred Polgar selten. Doch realiter ist Altenbergs Mädchen- und Frauenverehrung, seine »Lebensanschauung [...], der geistigen Genialität des Mannes die ästhetische Genialität der Frau vollkommen gleichzustellen« (2/623) nur eine poetische Fortschreibung von Otto Weiningers Thesen; frauenfeindliche Äußerungen sind in seinem Werk so zahlreich zu finden wie in dem aller anderen Autoren des Wiener Fin de Siècle. Das ist selbst Wilhelm Genazino entgangen, der Altenberg bescheinigt, es gebe bei ihm keine Ressentiments gegen Frauen (1/14). Und bis heute ist in der Forschung Altenbergs problematische Nähe zum Kindesmissbrauch ein Tabu oder zumindest eine Quantité négligeable, dass seine »vergötterte Königinchen« schon mal vier, sechs, neun oder zwölf Jahre alt sein konnten. Doch die Sprache der »Huldigungen« ist einschlägig doppeldeutig, auch wenn die Texte oft mit »Gefühlsstrichen« (Alfred Polgar) im Offenen enden, das Bedenkliche wie das Poetische steht in seinen Prosaminiaturen und ist von keiner Interpretation zu übertünchen.

»Moderne« als Geste oder als gesellschaftlicher Fortschritt

Altenberg gehört generell zu jenen Autoren, bei denen das Gros der sekundären Lesarten letztlich um eine Handvoll Klischees kreist, die sich unhinterfragt tradieren. Der

16 Polgar: Nachruf 2, 1984, S. 11–13.

kleinste gemeinsame Nenner lautet etwa: Altenberg, diese »zärtlich belächelte Wiener Kuriosität« (Olga Schnitzler), ist der Botschafter »eines von den geltenden Normen befreiten naturhaften Lebens«[17]. Dort, wo dieses »befreite« Leben offen problematische Züge annimmt, wird das kollektive Forscherauge gerne zugedrückt. Eine lange Liste ließe sich erstellen mit den Rationalisierungen, die Altenbergs ungustiöse Obsession für kleine Mädchen zwischen vier und zwölf, maximal fünfzehn Jahren konsumierbar machen sollen. Burkhard Spinnen argumentierte zuletzt, der Missbrauch der Kindfrau sei eine Modeerscheinung des europäischen Fin de Siècle und viele von Altenbergs »problematischen Eigenheiten« hätten mit seiner Krankheit zu tun, die er als syphilitische Ansteckung sieht[18]. Für Altenbergs Kriegsbegeisterung von 1914 müsste die analoge Interpretation lauten: Kriegshetze war eine Zeiterscheinung und Altenberg ging ohnehin nicht ins Feld, weil er zu alt dafür war. Und tatsächlich funktioniert die Generalsalvierung Altenbergs auch in diesem Punkt. Die unerschütterliche Sympathie, die alle Bedenklichkeiten großmütig übersehen lässt, kommt aus dem von Altenberg selbst installierten Bild als bedauernswerter, radikaler Außenseiter der Gesellschaft, der allerdings einen eigenen Circle hielt und sich inmitten der intellektuellen Kreise der Wiener Moderne bewegte. Natürlich sind historische

17 Dagmar Lorenz: Wiener Moderne. Stuttgart, Weimar 1995, S. 171f.

18 Burkhard Spinnen: Nachwort. In: Peter Altenberg: Wie ich es sehe. Nach der Ausgabe letzter Hand hrsg. u. m. e. Nachw. v. Burkhard Spinnen. Zürich 2007, S. 445f.

Texte aus ihren Entstehungszusammenhängen heraus zu lesen, aber das kann nicht in der Forderung münden, ihre problematischen Aspekte auszusparen oder als unwesentlich abzutun. Im Fall Altenberg passiert das auf mehreren Ebenen: seine Kriegsbegeisterung, seine antisemitischen Ausritte, seine Sympathie für Karl Lueger oder die literarischen Spuren seiner pädophilen Neigungen – nichts vermag am Bild des schrulligen, aber liebenswerten Repräsentanten der literarischen Moderne zu rütteln.

Als vor einiger Zeit der Vorschlag gemacht wurde, den Karl-Lueger-Ring in Wien nach der ersten Universitätsprofessorin Österreichs in Elise-Richter-Ring umzubenennen, wurde prompt gegen sie vorgebracht, dass sie im Ersten Weltkrieg Karten mit »bellizistischen Motiven«[19] verschickt habe. Außerdem sei sie mit ihrem 1907 in Auftrag gegebenen historisierenden Exlibris keineswegs auf der Höhe des Kunstgeschmacks der Zeit, was sie mit Altenberg teilt – aber auch mit Arthur Schnitzler –, und sie sei keine bekennende Jüdin gewesen, eine weitere Gemeinsamkeit mit Altenberg, wobei antisemitische Ausfälle nur von ihm bekannt sind, nicht von ihr. Trotzdem hat sich der um ein Jahr ältere Altenberg als Repräsentant der Wiener Moderne eingeschrieben, während Elise Richter, die gegen viele Widerstände universitäres Terrain erkämpft und damit realiter einen Beitrag in Richtung Modernisierung der Gesellschaft geleistet hat, das Etikett der Verzopftheit anlastet; bei ihr wiegt jede aus der Zeit zu erklärende, wenn auch nicht zu rechtfertigende gesell-

19 Der Standard, 29.11.2009, Beil. S. 1f.

schaftliche Fehleinschätzung doppelt, die bei Altenberg nonchalant hingenommen wird. Ein zentraler Unterschied für diese differente Wahrnehmung der Person und ihrer Langzeitwirkung scheint im optischen Auftritt zu liegen: Pionierinnen der Frühzeit, die Männerdomänen wie den Wissenschaftsbetrieb eroberten, waren gewissermaßen als Ausgleich für ihre intellektuelle Anmaßung zu unscheinbarem Outfit und besonderer Zurücknahme persönlicher Eigenheiten gezwungen oder wählten diesen Weg oft als den Erfolg versprechenderen. Das rückte sie in große Ferne zu den schrägeren Lebensoptionen der zeitgleichen Boheme, die als Inbegriff der urbanen Moderne gilt.

Rezeptionsschleifen

Einen Überblick über die Techniken, die »unheilvolle Zuneigung« des »Nymphenverehrers« Peter Altenberg (*Format*, 3.12.2001) zu verharmlosen, bot die Publikation des Fotoalbums »Semmering 1912«[20]. Obwohl Schlagwörter wie »Poetik des Andeutens«, »Prinzip des Verschweigens« und »Kunst des Aussparens« für Altenbergs »Telegrammstil der Seele« (Peter Altenberg)[21] in aller Forscher- wie Rezensentenmunde sind, war der Konsens einmütig, dass

20 Peter Altenberg: Semmering 1912. Ein altbekanntes Buch und ein neuentdecktes Photoalbum. Hrsg. von Leo A. Lensing und Andrew Barker. Wien 2002 .

21 Andrew Barker: Telegrammstil der Seele. Peter Altenberg – Eine Biographie. Übers. a. d. Engl.: Marie-Therese Pitner und Susanna Grabmayr. Wien u.a. 1998 (= Literatur und Leben. 53).

in der Causa Kindesmissbrauch die konzedierten »erotischen Anklänge« eben nur »Anklänge« seien, das Ganze im Prinzip aber »rührend-naiv« sei, so Anita Pollak im *Kurier* (5.1.2002) und es hier nichts Ausgespartes zu finden gebe, denn »Fantasie war ihm alles, Realität nichts« (*Die Welt*, 2.2.2002). Den Rezensenten wurde diese Sicht der Dinge freilich vom Nachwort vorgegeben, das ausführlich das künstlerische Arrangement der Postkarten und Fotos interpretiert und dabei nur Indizien für die Harmlosigkeit von Altenbergs fataler Leidenschaft findet. Die Kombination von Kinderpornografica, Ansichtskarten mit Landschafts- und Blumenmotiven, Selbstporträts und Heiligenbildern wird als Erweis für Altenbergs moderne, »intramediale« Herangehensweise interpretiert. Das spezifische Arrangement aber sei als »poetisch verbrämter Verzicht« zu lesen, mit dem er »eine als bedrohlich, ja gefährlich empfundene Realität auf Distanz« halte. Sein »alles andere als ›männlich‹ zu kategorisierender Blick« zeige, dass es ihm um »Identifikation mit den jungen Mädchen« zu tun sei.[22] Auch ohne die ungustiöse Stelle aus einem Brief Altenbergs an Kraus, die seine Option für die nie erschlaffende Zungentätigkeit feiert, zu bemühen, ist schwer nachvollziehbar, was unter einem »alles andere als ›männlich‹ zu kategorisierenden Blick« in Bezug auf Fotos von nackten kleinen Mädchen – die Altenberg zum Teil selbst anfertigen ließ – zu verstehen ist. Sollte sich darin das männliche Forschermitgefühl mit einem ausdrücken, dem unterstellt wird, und der das auch von sich selbst behauptet, den Geschlechtsverkehr

22 Leo A. Lensing: Zur Lektüre eines Albums. In: Peter Altenberg: Semmering 1912, 2002, S. 30f., 19 u. 35.

nicht vollziehen zu können, kann das kein Freispruch sein für andere Formen sexueller Zudringlichkeit.

Als hätte es die Debatten um eines der größten gesellschaftlichen Tabus nicht gegeben, kommentiert das Nachwort zum Album »Semmering 1912« das Aktfoto eines vierzehnjährigen Mädchens, das Altenberg selbst in Auftrag gegeben hat, so: »Albine Ruprich scheint auf dieser elegant ausgeführten Atelieraufnahme nicht ungern vor der Kamera gestanden zu haben«[23]. Auf einen Halbakt Albines, die Altenberg bereits als Elfjährige an sich zu binden begann, folgen im Semmering-Album auf der nächsten Doppelseite ein Porträt Altenbergs und sieben Bilder von Beerenfrüchten. Dass diese zum Teil auf stacheligen Sträuchern wachsen, wird als symbolischer Stacheldraht interpretiert[24], den sich Altenberg selbst vor seinen Obsessionen aufbaut. Das ist weit hergeholt und wenig überzeugend, zumal Altenberg Früchte und Blumen immer wieder zur erotischen Charakterisierung von Frauen einsetzt, im Semmering-Band etwa in der Skizze »Die Kostüme auf dem Semmering in der Silvesternacht«[25]. Viel näher liegen da schon Assoziationen von den festen roten Beerenfrüchten zu den »rosigen Bruströschen«[26] in Bad Ischl, die Altenberg – so in einem Brief an Karl Kraus vom 1. August 1885 – in einem fort küssen möchte. Natürlich beschreiben die Texte, auch der Entstehungszeit

23 Ebda, S. 19.

24 Ebda, S. 33.

25 P.A.: Semmering 1912, 1912, S. 57.

26 Zit. n.: Peter Altenberg. Leben und Werk in Texten und Bildern. Hrsg. von Hans Christian Kosler. München 1981, S. 57.

entsprechend, erotische Details nicht offen und ausführlich, auch in Schnitzlers »Reigen« genügt es ja, dass nach jeder Szene das Licht ausgeht. Die Signale aber sind nicht zu überlesen, auch wenn man den »platonische[n] Ton« und die »eigentümlich asexuelle Aura«[27] noch so sehr herbeizureden versucht. Wie Schnitzler verwendet Altenberg den Gedankenstrich-Kordon immer wieder auch direkt als Vorhang für eindeutig erotisches Geschehen, etwa in der Bootszene mit dem »süßen Kindermädchen«. »Die Ruder sangen im Wasser, sangen im Wasser und hielten still am Weidenufer und sangen da nicht mehr, stundenlange – – –. Und dann sangen sie wieder, bis man an den Garten kam des Hauses, in dem sie bedienstet war.« (1/242f.)

Natürlich geht es nicht darum, einen posthumen Prozess zu eröffnen. Wie weit das Getätschel und Gegrapsche im Einzelnen gegangen sein mag, was die von Altenberg so bezeichneten wechselnden »kleinen Heiligen« am Altar seiner Neigung zu opfern hatten, ist nicht eruierbar. Dass da nach einem Staatsanwalt gerufen würde, wie Burkhard Spinnen insinuiert, ist eine simple Unterstellung. So argumentierte schon Karl Kraus bei seiner Verteidigung der Bordellkultur; Kraus trat an gegen die bürgerliche Doppelmoral in der juridischen Verfolgung semioffizieller Einrichtungen der Geschlechtshygiene, verteidigte damit aber zugleich Einrichtungen und Fazilitäten, die alle männlichen Akteure des kulturellen Feldes der Zeit gerne nutzten. Dass Rosa Mayreder – altersmäßig und von ihrem physischen Erscheinungsbild her von

27 Lange 1999, S. 449.

Altenberg gewissermaßen schon zum Selbstmord freigegeben – gegen Ausbeutung und Entwürdigung der weiblichen Akteure im inegalen Spiel der Prostitution auftrat, interpretierte Kraus als Ruf nach dem Staatsanwalt aus dem Mund einer frustrierten Männerhasserin. Diesem Verdikt setzen sich Forscherinnen auch heute rasch aus, doch es geht trotzdem um einen offenen Umgang mit Evidenzen in Altenbergs Texten, die sich in der Rezeption reproduzieren.

Evidenzen im Text

Denn was die pädophilen Aspekte betrifft, geht es hier keineswegs nur naiv-unschuldig zu. Die fortwährenden Variationen und Überblendungen einander verwandter Motive und Konstellationen, die Altenbergs Werk prägen, werfen mitunter auch sehr direkte Schlaglichter auf den sexuellen Gehalt in den Literarisierungen seiner Nymphenverehrung. In »Das Erlebnis« (2/564f) empfiehlt Altenberg als besondere Geste des Liebesbeweises, den von der Geliebten abgeleckten Kaffeelöffel als Reliquie mitzunehmen. »Dann nahm er den kleinen silbernen Löffel, welcher die Ehre gehabt hatte, sich in Rosies Mund befunden zu haben, und drückte ihn an seine Lippen«, so heißt es in der Skizze »Marionetten-Theater« (1/143–147). Rosita ist vier Jahre alt, der Dichter bringt sie zu ihrer Mutter zurück, Rosita muss ins Bett, sie »zog sich bei offenen Türen aus, stand splitternackt, zog das Nachthemd an, legte sich in ihr Bettchen, schlief gleich ein.« Es folgt die Löffel-Szene, die

Mutter lächelt glücklich über die »freie Seele« des Herrn Peter, der Großvater schaut mit hochrotem Kopf zu, nur die Kinderfrau denkt verärgert: »Die schleppen sie ins Theater, um eine Hetz zu haben.« »Gestern abend, als ich das Zigarettenspitzerl, das sich für einen Augenblick in Deinem geliebten Munde befand, in meinen Mund nahm, war ich ganz selig, daß ich einen Hauch Deines Speichels spüren durfte«, heißt es in »An die Dreizehnjährige« (3/845). Das geht doch einiges hinaus über den nur voyeuristischen Blick eines Monokel tragenden »Schmutzians« (1/304) – diese Selbstbezeichnung legt Altenberg einer Kokotte in den Mund.

Unter der Überschrift »Examen«[28] zählt Altenberg tabellarisch die physischen Vorzüge seiner kleinen »Heiligen« auf. Alle Körperteile werden da als vollkommen klassifiziert, zum Schluss: »Die Brüste?! Nicht vorhanden. Endresultat: Vollkommen!« Die zwölfjährige Klara P., die »Hauptheilige« des Semmering-Bandes, besiegt »alle Nixenreigen im Mondlichte am Waldsee der Märchen« (2/440). Hingegeben beobachtet er sie immer wieder, beim Rodeln und Schaukeln, wo nicht nur die Haare wehen, sondern wohl auch die Röckchen. Die Schaukel, sie gewährt tiefe Einblicke, wie Altenberg in der Skizze »Landstädtchen: Die Mädchen« in »Wie ich es sehe« beschreibt: »Dann sah ich ihre Kniee, den Saum ihrer weißen Höschen – – –.«[29] Diesfalls gehören sie der fünfzehnjährige Anna, »arm, blass, mager«, der er fortwährend die »Amerikanische Hutsche« bezahlt; er wie sie

28 P.A.: Semmering 1912, 1912, S. 127.

29 Wie ich es sehe. Berlin 1922, S. 233.

scheinen zu wissen, was das bedeutet, denn Anna rechnet genau mit, was der alte Herr schon in sie investiert hat.

Im Semmering-Band entbrennt Altenberg zwischendurch für eine kleine Ungarin »mit ganz nackten, herrlichsten Beinen«; er schleicht sich in ihr Zimmer und »küßte das Linnen, auf dem ihr heiliger Leib geruht!« (2/444) Über die »kleine 6jährige Tatarenkönigin Sonja D.« heißt es: »Der Dichter nahm das vergötterte Königinchen in seine zärtlichen Arme – – –.«[30] Diese »zärtlichen Arme« vor den drei, bei Altenberg immer beredten Gedankenstrichen, gehören einem verbrauchten, leicht verwahrlosten Dreiundfünfzigjährigen. Die Literaturwissenschaft verzichtet im Übrigen kaum darauf, die Nachnamen der betroffenen Kinder auszuschreiben, um zu beweisen, dass sie auf der Höhe der positivistischen Erkenntnisse der Altenbergforschung steht.

Nähert sich das Alter der Mädchen der Volljährigkeit, werden die Texte etwas direkter: Eine fünfzehnjährige slawische Schönheit bat ihn, »ob sie für ein Stündchen in meinem Zimmerchen ausruhen dürfe, während ich auf dem Spaziergang befindlich wäre«[31] – hier ersetzt die unerträgliche Niedlichkeit der Wortwahl die Gedankenstrichbarriere. Altenberg beschenkt alle seine kleinen Angebeteten mit Blumengebinden oder Süßigkeiten, spricht mit ihnen über die Liebe und behandelt sie in allem wie erwachsene Geliebte. Was er damit anrichtet – einmal abgesehen von möglichen physischen Implikationen seines Verhaltens – ist Thema von Altenbergs erstem Prosatext »Locale Chro-

30 P.A.: Semmering 1912, 1912, S. 141.

31 P.A.: Semmering 1912, 1912, S. 83f.

nik«. Mit großer Sensibilität beschreibt er hier, wie ein heranwachsendes Mädchen, von einem »Verführer« erstmals mit »Fräulein« angeredet, allein durch dieses Wort seine kindliche Naivität verliert. Dass Altenberg die kleinen Mädchen genau vor dieser Art »Defloration weiblicher Unschuld« bewahren möchte, »so weit es eben geht«[32], ist eine schwer nachvollziehbare Schlussfolgerung.

»Sie war 11 Jahre alt. 11! Was macht es?!?«, fragt Altenberg unter der Überschrift »Herbstlied« im Semmering-Band (2/427). Ihm selber nur Freude, denn »Mich interessiert an einer Frau *meine* Beziehung zu ihr, nicht *ihre* Beziehung zu mir!«, wie er in einem Gedankensplitter unter der Überschrift »Psychologie« (2/427) bekennt. Den Eltern der kleinen Mädchen scheint es mitunter doch etwas ausgemacht zu haben, wenngleich die potenzielle Mittäterschaft der Mütter, denen Stolz auf den Kontakt mit dem Dichter unterstellt wird, mitunter auch als den Autor entlastendes Moment angeführt wird. Doch immer wieder berichtet Altenberg, auch in den Semmering-Texten, dass ihm der Umgang mit dem jeweiligen Kind verboten wird. Der zwölfjährigen Klara P. etwa darf er nicht zum Geburtstag gratulieren, schließlich wird sie ins Internat gegeben. Altenbergs Erklärung für derartige Reaktionen der Erwachsenen schreibt sich bis in die heutige Rezeption fort: »Dann erzählte ihr eine Dame der sogenannten ›guten Gesellschaft‹, daß er ein Säufer sei, und schon zwei Jahre im Irrenhaus interniert gewesen sei. [...] sie schämte sich *seitdem* seiner Verehrung – – –«[33]. Dass

32 Lange, 1999, S. 455.

33 Ende, in: P.A.: Semmering 1912«, 1912, S. 104.

er von den kleinen Mädchen ferngehalten werden soll, hat also nichts mit seinen zumindest zweideutigen Annäherungsversuchen zu tun, sondern mit seiner Rolle als Bohemien, dem die bürgerliche Welt mit Unverständnis und Verachtung begegnet. Doch selbst die Eltern der dreizehnjährigen Anna, ein armes Schuhmacherpaar mit elf Kindern, reagieren misstrauisch. Eines Abends kommt statt Anna ihre siebenjährige Schwester Josefa. Annerl darf nicht mehr kommen, »weil sie schon zu groß ist«, erzählt Josefa. Dass sie dem alten Herrn mit der noch jüngeren Josefa eine große Freude bereiten, damit haben die Eltern nicht gerechnet. So bekommt nun Josefa Schlagsahne und Biskuits. »Da küßte ich sie auf Stirne, Haare, Augen. Sie rührte sich nicht, empfand es als Pflicht der Dankbarkeit, sich küssen zu lassen – – –.« (2/398f.)

Als entlastendes Argument wird mitunter das Faktum angeführt, dass Altenbergs Texte bei Erscheinen – im Unterschied etwa zu Schnitzlers Skizzen und Stücken – keinerlei Erregung hervorriefen. Genau darin liegt der zentrale Unterschied: Altenbergs Texte rütteln nicht wie jene Schnitzlers an den Grundfesten der gut eingespielten Doppelmoral der bürgerlichen Gesellschaft um 1900. Sie bedienen mit poetisch umschriebenen, aber manifest erotischen Inhalten – wie die versteckt gehandelten Erotikpostkarten – die voyeuristischen Bedürfnisse der Zeit und zwar diesseits der inoffiziellen Toleranzgrenzen. Für die Moralhüter der Zeit gab es keinen Anlass, gegen diese gepflegten erotischen Petitessen einzuschreiten.

»Das große Peter Altenberg Buch«[34] von Werner J. Schweiger arrangiert die ausgewählten Texte thematisch. Auf Seite 193 bis 219 akkumuliert sich die Nymphenverehrung im Kapitel »Kleine Mädchen«. Das massiert nicht nur das moralisch Bedenkliche, es zeigt auch die sprachliche Dürftigkeit dieser Texte. Es wimmelt von Verkleinerungssuffixen -chen und -lein, von nackten und idealen Gazellenbeinen und zarten Brüsten, die Objekte der Begierde sind wunderschöne Töchterchen, Engel, Heilige, allesamt vom Dichter fanatisch oder abgöttisch verehrt. So aneinandergereiht offenbaren diese Texte auch sprachlich ihre Unaufrichtigkeit und Gekünsteltheit, es sind einförmige Arrangements von hohlen und zugleich aufgeladenen Versatzstücken, die nicht nur aus moralischen Gründen einen schalen Nachgeschmack hinterlassen.

Grenzüberschreitung – in diesem Fall moralische – als rebellischer Akt, so Karl-Markus Gauß, hat sich als Konstituens eines antibürgerlichen Konzepts von Kunst autonom gesetzt: »Der Bruch des Tabus, gleich um welches es sich handelt, ist ein Zweck, der seinen Wert in sich hat.«[35] Das könnte eine Erklärung sein für die Unsensibilität, die bislang die wissenschaftliche Beschäftigung mit Peter Altenberg prägt.

---

34 Das große Peter Altenberg Buch. Hrsg., Nachw. von Werner J. Schweiger. Wien, Hamburg: Zsolnay 1977.

35 Karl-Markus Gauß: Mit mir, ohne mich. Ein Journal. Wien 2002, S. 180.

Korrigiert werden muss auch der Blick auf Altenberg als Albumkünstler. Ricarda Dick hat in ihrer Beschreibung der beiden Alben von 1915/16 und 1917/18 auf moralische Stellungnahmen verzichtet, sowohl was die Kinderpornografica betrifft als auch das weitgehende Ausblenden der Entstehungszeit. Altenbergs patriotische Begeisterung mag 1917/18 abgeflaut sein, aber die wenigen eingefügten (Anti-)Kriegspostkarten, kontrastiert mit Blumendarstellungen und verbunden mit dem Rekurs auf Andreas Hofer als seinem Inbild für die »adeligen Geisteskräfte« des Mannes, können als Reflexion seiner Position von 1914 nicht überzeugen. Instruktiv aber ist Dicks Analyse von Altenbergs eher oberflächlicher Beschäftigung mit Bildender Kunst oder Fotografie, zeitgenössischen Diskursen über dieses neue Medium stand er völlig fern. Altenbergs eigenwillige Begrifflichkeit von Natur/Natürlichkeit und Kunst/Künstlichkeit bleibt auch in Bezug auf seine Sammelobjekte in sich widersprüchlich; mit der unterschiedslosen Nutzung differenter Medien, die entgegengesetzte Bezüge zu Künstlichkeit/Natürlichkeit repräsentieren – Postkarte, Bildkarte, Kunstkarte, Fotografie – weist er für sich jede Kategorisierung zurück.

Das bleibende Gemeinsame ist – abgesehen von späteren Umstrukturierungsarbeiten, die schwer nachvollziehbar sind – mit der Eingliederung in die Albumseiten gegeben. Bei einem Teil der Bildwerte kommt die Einverleibung durch den Arrangeur mittels Beschriftung hinzu, samt dem Eigentums- und zugleich Urhebernachweis

»PA«. Wie nahe Altenberg der »endlosen Unterwelt des populären Kitsches« (Willy Haas)[36] steht, zeigen oft gerade seine Bildbeschriftungen; wo sie nicht autobiografische Bezüge herstellen oder sich auf die Beschriftung mit dem Namenszug beschränken, den Altenberg mit inflationärer Häufung anbringt, setzen sie die abgebildeten Stimmungswerte gerne intentionsgemäß um und unterscheiden sich dann nicht von jenen, die von den Herstellern oft selbst aufgedruckt wurden. In den zweiunddreißig bei Dick reproduzierten Albumseiten findet sich gleich auf zwei Karten mit melancholischen Landschaftsdarstellungen die von Altenberg ergänzte Bildbeschriftung »de solitudine«; blühende Landschaften erhalten wiederholt die Inschrift »Frühling« (»Ver«).

»Beide Alben sind voll künstlerischen Ausdrucks, der auch den heutigen Betrachter in seiner Kraft und Originalität anspricht – wohl gerade weil sie keiner Zeitströmung folgen«, heißt es im Verlagstext. Doch könnte man das auch umgekehrt interpretieren: Sie folgen der Zeitströmung der trivialen Bildproduktion – inklusive der unter den Ladentischen gehandelten Kinderpornografica, für die auch Goethes »Mignon« herhalten musste – so eng, dass sie einen guten Einblick liefern in diese wenig dokumentierte Form zeittypischer Gebrauchsikonografie. Altenbergs geringe intellektuelle Distanz gegenüber zeitgeistigen Phänomenen der Massenunterhaltung hatte – bei aller in seine Privatphilosophie integrierbaren Zivilisationskritik – schon sein zweites Buch »Ashantee«

36 Dick 2009, S. 31.

(1897) gezeigt. Altenbergs Alben folgen der Blütezeit der Bildkartenproduktion um 1900, als neue Drucktechniken die Herstellung verbilligten und jedes kleine Dorf vom Angebot der fahrenden Fotografen Gebrauch machte und eine Ansichtskarte des Ortes herstellen ließ – so wie heute keine Gemeinde auf einen eigenen Web-Auftritt verzichtet. Interessant bleiben die Alben vor allem als Sammlung dieser explodierenden marktgängigen Bildproduktion der Zeit und auch als Bildkommentare zu Altenbergs literarischem Werk – zahlreiche der eingefügten Ansichtskarten sind als Illustrationen seiner Skizzen lesbar. Eine systematische und interdisziplinär angelegte Analyse von Altenbergs Alben ist nach wie vor literaturwissenschaftlich wie kulturhistorisch ein Desiderat.

Die Autorin und der Autor

Roland Innerhofer lehrt Neuere Deutsche Literatur an der Universität Wien. Zahlreiche Arbeiten zur Literatur des 19. und 20. Jahrhunderts, zur Fantastik, Theorie und Praxis der Avantgarden, Medienästhetik sowie zum Wechselverhältnis von Literatur, Technik, Architektur, Film und neuen Medien. Buchpublikationen unter anderem: (Hg. zus. mit Karin Harrasser): »Bauformen der Imagination. Ausschnitte einer Kulturgeschichte der architektonischen Phantasie« (2007); (Hg. zus. mit Katja Rothe und Karin Harrasser): »Das Mögliche regieren. Gouvernementalität in der Literatur- und Kulturanalyse« (2011).

Evelyne Polt-Heinzl wurde 1960 in Braunau am Inn geboren und studierte Germanistik, Politikwissenschaft und Philosophie in Salzburg und Wien. Literaturwissenschaftlerin und -kritikerin, Ausstellungskuratorin in Hirschwang. Publikationen vor allem zur Literatur um 1900 und der Nachkriegszeit sowie kulturwissenschaftliche Motivuntersuchungen. Zuletzt erschienen: Einstürzende Finanzwelten. Markt, Gesellschaft und Literatur (2009). In der Reihe *Wiener Vorlesungen* erschien ihr Band »Schnitzlers Sprachen der Liebe« (Bd. 147; gemeinsam mit Konstanze Fliedl und Reinhard Urbach).